細思極恐的
校園鬼話

目錄

細思極恐的

校園鬼話

頂樓不太平

第一章

人，一口氣不來，所有一切好壞榮敗，都歸於灰飛煙滅，就叫做太平！

筆者首先聲明，這是真實的際遇，不過，主角用了化名。

大同區，有一間最老的學校，之前是醫院，後來改建成小學學校。

方明燦就讀這間學校，也許是年紀還小，許多禁忌之事他都不懂，因此就算遇到什麼，他也懵懂無知。

一天早晨，他跟許多同學一樣，照尋常日子。準時七點在操場集合，升旗、唱國歌。

個性調皮的他並不專心，一對慧黠眼珠子，到處閃轉。

忽然，他看到升旗臺後方的這棟大樓，樓頂有物事晃動。他好奇的仔細看，唔！一道彩帶，忽顯忽隱。

雖然年紀小，他也知道樓頂是空的。

因為學校校長、老師、導師，三令五申，就是警告學生，不能隨意胡闖教室頂樓。

老師沒說原因，所以身為學生的小朋友，當然更不知道為什麼了。

站他左右的同學，看到他奇怪的動作，也都跟著抬眼往上望。

忽然，方明燦背後被人一戳，接著他聽見站他後面的李川生小聲道：

「喂！快看，上面，上面有個人。」

搖一下頭，方明燦低聲回：

「沒啊，我只看到一條彩帶，很漂亮。」

站方明燦旁邊的女生，高樂華說：

「不對，我看到了一個……。」

就在這時，班導老師走過來，訓斥道：

「誰讓你們這麼說話？想上臺罰站？」

幾位同學果然不敢再出聲，可是眼睛是不受老師管制的，方明燦仍然盯住樓頂。

因為那一道彩帶，竟然可以呈漂亮彎曲狀，逐漸往上升。

方明燦好奇的，是要彩帶的人！

可他發現，彩帶往上升的同時，上面那一段，會像煙火般消失，所以他看到的彩帶始終只有五尺來長。

直到散會了，臺上老師讓大家進教室，彩帶還是依舊彎曲，繼續上升。

大夥都憋住，直到下課才緊急萬分的聚集在一塊，紛紜討論。

方明燦看到的，是一條彩帶。

李川生看到的，是一個駝背的老頭子。老頭子手舞足蹈的跳躍在半空。

高樂華看到的，是一個女孩，她半邊臉是慘白色，另半邊臉是墨綠色，她也虎視眈眈的盯住高樂華，高樂華拍著小胸脯，又比劃著兩隻眼睛：

「好可怕！我快嚇死了，都不敢再看，可是你們知道嗎？我的一雙眼睛竟然沒辦法移開，唉唷！只能看著她可怕極了的臉……。」

方明燦問其他許多同學，有的說沒注意；有的說根本沒看到什麼；有的說老師不准看，他就沒去看；還有的說：

「你們笨吶！樓頂本來就是空的，哪有什麼東西？」

另一位同學，名喚陳中元，冷靜的聽完大家的敘述，他才沉聲說：

「我看到的更可怕！」

大家一聽到，立刻向他靠攏過來，問他到底看到了什麼。

他徐徐的說：

「我看到的，是鬼！」

剎那間，全班都靜止下來，一同望住陳中元。

陳中元離開座位，走到空曠處，表演出他看到的『鬼』的樣子。

正當這時候，冷不防上課鐘聲大響，所有的同學全都嚇一大跳。

陳中元也嚇得往上高高跳起來。

膽小的女生，忍不住尖叫起來：「哇——。」

頂樓不太平

大家紛紛跌回自己座位上。

老師進教室後，又再次交代同學們：

「各位同學，老師還要跟各位說一次，教室頂樓不能去，聽到沒有？如果不聽話的話，很可能會被退學唷。」

陳中元忽然舉手，老師看著他點頭，說：

「陳中元，你說。」

「老師，」陳中元站起來：「頂樓有人，我們……。」

「亂講！」老師瞪他一眼，立刻叫他坐下。

方明燦舉手，老師讓他發言，他站起來：

「老師，陳中元說的沒錯，頂樓確實有人！」

老師臉變成豬肝色，顯然很生氣：

「又一個亂講話！老師會騙你們嗎？不管怎樣，你們給我記住了，就是不能到頂樓去。知道嗎！」

同學們群起譁然，更有人大聲跟老師說：

朝會時，很多人都看到頂樓有人出現。老師不耐煩的問，都是些什麼人？

同學們相繼繪影繪聲的形容，把剛剛聽到李川生、高樂華、方明燦說的，全數說出來。

老師聽到後來，整張臉縮皺了一圈，要同學們翻開課本，上課！

表面上，大家都很專心。事實上，私底下同學們滴溜的眼神，已清楚說明他們的心裡，並不安分！

下課後，大家馬上又聚集起來，要陳中元說他到底看到了什麼。

看到這麼多人問他，他更得意了，他誇張的語詞，加上動作，說：

其實，我心裡很害怕。可是那時候，我雙眼就是呆呆的無法轉動，只能繼續看下去。

我看到頂樓，先是冒出後腦勺、頸子、肩膀……，然後是胸部、雙手……。

我那時心想，這是誰呀？朝會不來，躲在頂樓，不怕被抓？

好像知道我在看它，忽然它就轉過身來……唉唷！我的媽！

它的臉是倒三角形，臉上沒有眼睛，空隆隆的兩個大黑洞，左手斷了一截，還有它的胸部被剖開來，白森森的骨頭，歪七扭八的被折開。裡面的內臟全露出來，還淌下血水，血水一滴滴的往下滴。

忽然，它咧開嘴，似乎很痛苦的喊著，喊些什麼我根本都不知道，然後它伸長右手，指著我……。

我那時非常害怕，很想叫老師，可是我都還沒叫出聲，忽然間它雙眼的黑洞、兩個鼻孔、嘴巴，留下五道血水。

第一章

頂樓不太平

「唉唷，好可怕！」高樂華拍著胸脯。

「啊，後來怎麼了？」方明燦問。

「老師不是走過來？他罵人的時候，那隻『鬼』忽然就消失了。」

「嗯……確實很奇怪。」方明燦接口說：「難道是那隻鬼在耍彩帶？可是又不像。」

「還是我看到的那個女孩在玩彩帶？」

「我沒看到有女孩子！」

「我說，頂樓有問題！真的！不然老師幹嘛叫我們不能上去？」李川生說。

「喂！找個時間，我們……。」大家都看向方明燦，他接口說：「我一定要上去查看！」

有人點頭、有人搖頭、有人做出害怕狀……，方明燦目光掃過眾同學，問道：「好膽的，誰想一塊去？」

靜待了一會，果然有人附議了！

◆

星期三，低年級的學生只上半天，下午學生比較少。高年級的方明燦覺得這是個好機會，上課時他偷遞紙條給同學們。

到了下午下課後，四位同學們聚集，偷偷摸摸的從校園角落的樓梯上樓。

因為校方禁止同學上樓，所以這個樓梯鮮少有人走動，就連老師也很少經過。樓梯很陰暗，加上此處樹蔭繁茂，把陽光都遮蔽住了。

四個同學，魚貫爬上頂樓，赫然發現樓梯轉角有一間獨立式的房子。

這個發現，讓他們感到興奮莫名，因為這表示他們說的對——頂樓果然有東西！

雖然是頂樓，不知道是因太陽近西沉，還是樹蔭太濃郁。這間房子看起來相當陰暗灰敗，牆壁都斑剝，鐵窗也腐鏽不堪。

方明燦走在前面，他忽然轉回頭：

「啊！你看，有四道鎖，可見這裡面有很重要的東西。」

陳中元、李川生、高樂華相繼走近，討論著該如何進去。

李川生繞向另一邊的窗戶，窗口是毛玻璃，破了個大洞。他從窗口，望進裡面！

裡面更陰暗，夕照完全被阻隔在外，李川生看到屋角，掛著一道破落布簾，布簾上的破洞，大大小小不下幾十處。

李川生正想走，布簾忽然晃動了一下，李川生的視線立刻被吸引住，他瞪大雙睛專注的看著。

有了！他看到布簾上面一個不大不小的破洞中，有一隻藍色眼睛，眼睛轉了兩轉，轉向李川生。李川生當場愣住，張大嘴。他想喊同伴過來看。但，聲音卡在喉嚨，叫不出來！

就在這時，有人猛拍他背部，他驚嚇得大喊一聲「呃！」清醒過來，這才有辦法扭頭，是陳中元。

李川生急忙拉住他指著窗口內，幾近語無倫次：

「有、有人……裡面有人，偷看我、我、我……。」

「有人？長怎樣？你看到了？」

李川生猛力點著頭、又迅速搖頭，抓著陳中元，欲讓他湊近窗口破洞，哪知道陳中元甩掉李川生的手，說道：

「不用看了！我們就要進去了！」

「啊！可、可以……進去？」

陳中元點頭，轉身就往另一方向走，李川生看一眼窗口破洞，沒來由地渾身打個顫抖，連忙跟在陳中元身後，這時，他看到陳中元手上拿著一塊缺了一半的磚頭。

兩人轉到前面，方明燦已經等得不耐煩，接過磚頭，就要用力敲下。

「等、等等！」李川生適時開口。

「幹嘛？」

「我、我看到裡面有人，他用藍色眼睛，瞪著我，我……。」

「你害怕？」

李川生猛搖頭，說話有點困難似的：「這裡……應該很久沒住人了，怎會有……。」

「好了，那你在外面等。」

方明燦說完，磚頭猛力敲下去……。

◆

方明燦首先跨進屋內。

經過剛才的耽誤，太陽更偏西，屋內也更晦暗了。

陰鬱中，看得出來，這裡應該是客廳，有破沙發、小几、廢棄報紙、日曆、還有一臺老舊收音機。

另一邊的整片玻璃，破碎的橫躺在客廳地上。

「看吧！我們沒看錯，這裡明明就有許多東西，誰說頂樓是空曠的？啊？」

因為太安靜了，他們又是小偷的心態，方明燦忽然開口，大家心裡都嚇一跳。

旁邊角落，垂著一塊布簾，布簾破破爛爛，有無數個破洞。

方明燦往前走，伸手就要拉布簾布，李川生從後面抓住方明燦臂膀，慌亂極了的說道：

「不！不要拉，我剛剛，剛剛就看到布簾上，有一隻……恐怖的藍色眼睛！」

「唉唷！既然都來了，就要弄個清楚，你怕什麼呀？」

陳中元附議的接口：

「就是！高樂華膽子都比你大，怕就閃到後面去。」

接著，方明燦伸手，一把猛然拉開布簾布……。

想不到，布簾太老舊了，方明燦又太用力了，它整片掉下來，連同無數灰塵紛墜，向著方明燦覆蓋下來。

方明燦大喊一聲：「哇——啊——。」

他動作矯捷的往後退開，跟在他身後的另三個人，同時都大喊了一聲，四下散開，無如客廳太小，跑不到兩步，全都歪倒下去。

陳中元摔向一邊的碎玻璃；李川生走在最後面，他拔腿就往門外跑；高樂華撞到小几，歪倒地上，她雙眼視線，恰巧看到小几後面的沙發底下，沙發下更暗，在暗濛中，她看到一長條的物事。

只聽她猛然大叫：

「腿！腿！我看到一條腿……。」

其他人都驚懼的集聚在一塊，紛紛問道：

「哪裡？哪裡？在哪裡？」

畢竟，男生膽子大，加上個性調皮，方明燦立刻趴下去，望進沙發底下。

李川生又默默移進客廳，他和陳中元站在一塊，陳中元問：

「看到什麼了？」

「啊——呀！一條腿，血淋淋的腿！」方明燦忽然大吼大叫，起身，作勢要跑。

李川生，這次加上陳中元，兩人爭先恐後地往外奔。

高樂華抿緊嘴咬緊牙根，臉色發白握緊雙手，全身顫慄不停。

方明燦不跑，反往沙發底下鑽，扒出那隻腿，直接往外拋。外面的兩人，吃了一驚，一面咒罵一面各自躲開。

高樂華也閃一旁，卻忍不住掉下淚來。

「咚——啪噠。」

因為外面光線明亮些，被摔出去的腿，大家看到，原來是一根上粗下細的木棍！

方明燦免不了一頓被追殺。

四個人嬉鬧間，看到了被拉開的布簾後是一片木門，木門還上了鎖。

當然，費不了多大工夫，方明燦打開了鎖，他一腳跨進去……。

嚇！他對上了一對直勾勾的眼睛——他心裡『咚！』地一跳，目不轉睛地回望。

原來這裡是房間，當中一張床鋪，床鋪上坐著一隻布娃娃，布娃娃的雙眼，透露出一股濃濃的邪惡眼神，直盯盯的瞪住前方。

◆

接下來幾天，這四位同學陸續請很長的病假，他們四個人際遇不同，但所遭遇的現象大同小異。

大同，就是他們幾乎是一閉上眼，就馬上被牽引，一再發生同樣的事件。

小異，就是所遇到的鬼物、鬼事都不一樣。

在此，先說方明燦的狀況。

自那一天晚上，他回家後，整個人非常委頓，吃不下飯，早早上床，可是他並沒有睡著。

朦朧中，他看到一棟樓的樓頂，有一個穿著長條紋的病服的人，頹喪著頭。忽然他抬起頭仰望上空，消瘦的臉上留下兩道淚水。

似乎，他很悲傷，傷的心都碎了。連方明燦都感受到他的無奈與悲傷。

接著，他突然縱身一躍而下。

這時候，方明燦情不自禁的大聲喊叫：「呀——啊——。」

這情形，就像是他看到默劇，替默劇的人物出聲似的。

所以，方明燦的家人看到兒子在睡夢中又是哭，又是大喊大叫，要喊醒他，他卻醒不過來。

穿長條紋病服的人躍下的同時，他身後忽然揚起一道彩帶，有個稚嫩女聲叫著：

——爸爸！看我這美麗的彩帶……啊！爸爸！不要跳下去啊！爸爸……。

望著男人的身體，方明燦強忍住淚，無聲地哭泣著，身體因而抽搐不已。

這時候，跳下去的男人，忽然又一躍而起，身上似乎被人吊著繩子般，動作僵硬的扭動，並抬頭往上望，看到彩帶，他更悲傷了，那是他女兒的彩帶啊！

就這瞬間，男人往後仰倒，趴在地上。

方明燦仔細看著他，嚇！地上躺著的，不是那個男人，竟然是那具布娃娃！

再說高樂華。

她當晚回到家就發燒，家人帶她去看醫生，吃了藥退燒。過了幾個小時，溫度又上升，繼續發燒。

在發燒中，她看到一個女孩，長得妖嬌美麗，許多追求者，爭相送禮物給她，她都高興的收下了。

其中有一位年輕人，因為沒錢無法送禮物給她相當懊惱。但是年輕人對她的愛，真誠而專注。

可是，女孩跟他說：如果你有三百萬，我可以嫁給你！

女孩知道他根本沒錢，這樣跟他說，一方面是逗他；另一方面，她想讓年輕人知道，她的身價很高，年輕人買不起！

想不到，一天，年輕人來見女孩，把他身上的三百萬，擺在女孩面前！

女孩當場愣住了，支吾地告訴年輕人，三百萬哪夠娶她，她就要嫁給當地一位富豪，這位富豪的身家，何止上百，簡直是上千萬了。

就在這時候，三、四位警察擁入，一把扣住年輕人，原來年輕人搶劫銀行，警察循線，逮捕到犯人。

年輕人有個流氓哥哥，獲悉此事後很不捨，又替弟弟抱屈。

一天，女孩裝扮漂亮出門要赴約，冷不防巷內一個人衝出來，手握鋒利的鐮刀，當頭砍下……。女孩美麗的臉破成兩半，流氓哥哥丟下刀，逃亡去了。

女孩被送到醫院，醫生緊急搶救她的臉，把臉給縫合起來，但她卻變成人不像人、鬼不像鬼。

富豪未婚夫解除了兩人婚約，女孩痛不欲生，憤怒又無助之下，拿起剪刀，把臉上縫合的線剪開，血染紅了她半邊臉，同時，她也因流血過多而去世！

高樂華看到橫屍在病床上的女孩，竟然是——那具布娃娃！

☗

李川生。

他沒有生病，但是他吃飯、睡覺、洗澡……，無論何時何地都會喃喃自語。

家人奇怪的問他，跟誰說話呀？

李川生笑嘻嘻的指指身旁：

「他啊！」

家人聽得毛骨悚然，問他：他是誰？

李川生說得活靈活現：

「他是爺爺啦！」李川生伸出手，精準地比劃出一個身軀和一顆駝峰，說：「爺爺有慢性病，喏！這些病，全都因為他背上那個駝峰。」

老爺爺說，小時候他媽媽和所有的人都告訴他，駝峰裡面藏了一隻鬼，害他跟一般正常人不一樣。

長大後，老爺爺拼命賺錢，拼命存錢，到老了有了很多錢，但也有許多慢性病，他去看醫生，請醫生割掉他背上的鬼。

那時代的醫術，並沒有很發達，割掉駝峰算是大手術，考驗著醫生的技術。

醫生不敢貿然開刀，擔心一旦割掉跟他共處數十年的駝峰，會危害到他的生命。

每天、每天，醫生都要開會，討論老爺爺的駝峰，每天、每天老爺爺都耐心的等、等、等……。

第一章

頂樓不太平

雖然如此，老爺爺還是很高興，天天都開心的等待割掉鬼，等到後來，他的慢性病，奪走了他的命。

老爺爺不知道，自己已經死了，每天還是快快樂樂的等。

李川生的家人，很不耐煩他時時刻刻，嘴裡都掛著老爺爺、老爺爺，但是又不知道該怎辦。

鬧了幾天，李媽不敢讓李川生去上學，怕他出意外。一天半夜，李媽睡到一半起床，悄悄去李川生的房間。

房內很暗，只有窗外投射進來的月光，發出幽幽青白的淡光。

李川生和哥哥、弟弟一起睡，李媽看到大床鋪上，三個小孩，橫七豎八的躺著打呼。

看了一會，周遭很平靜，李媽心想：這猴小孩，竟敢騙我什麼老爺爺，莫非是懶得上學，藉口唬弄我？明天，有你好看的！

想罷，李媽正待轉身，忽然眼角看到一團怪事物。

她馬上轉回頭，看到……。

有一圈呈青白色的，很像是個人的形狀，但中間全是中空。也就是說，中間是透明的，可以透視對面的景物，但那一圈人形狀的線條，又非常分明。

李媽再細看，呃！線條人的背部，隆起一塊駝峰……就在這時，線條人的臉轉了過來，望著李媽。

李媽差一點昏厥過去，它臉上輪廓，依稀可以看出來，是個老人，就像李川生說的：老爺爺！

李媽跌跌撞撞奔回房，搖醒李先生，要他來看。可是李先生睡意正濃，翻了個身，咕噥著：

「唷！別鬧了！跟妳兒子一樣？被老爺爺迷住了？別吵我啦！」

叫不醒李先生，李媽躲在棉被裡發抖。

次日，李媽堅持不讓李川生上學，她細細的盤問李川生，事件的起因，來龍去脈。

◆

陳中元。

比起其他同學，陳中元膽子算是大的了，可是遇到鬼，他還是很害怕。

回家的當天晚上躺在床上，他翻來覆去很難入眠。忽然，他感受到一陣冷風襲來。

陳中元伸手想拉被子蓋，可是伸出去的手卻拉住一隻半軟半硬的東西，他皺起眉心，想不出來那是什麼，因為他的床這面是牆壁，他記得很清楚，除了棉被沒有任何東西。

他的手一會握緊一會放鬆，幾次後他可以確定真的有奇怪的東西！

陳中元想罷，他轉個身，入目之下，他驚得猛然坐起身，把自己往後縮，縮到床頭，弓起腳，渾身發抖。

他握住的，是在教室頂樓看到的那具詭異布娃娃的手，布娃娃的另一隻手，卻被一個臉呈倒三角形奇怪的人，緊緊握住！

這個人看到陳中元，臉無表情，只是冷冷地盯住他看。

這氛圍讓陳中元覺得很恐怖，還有他的臉使陳中元覺得很熟悉，好像在哪看到過。

陳中元緊握住一團物事，他低頭看一眼，呃！還捏住布娃娃的手呢，他慌得急忙放開！

霎那間，他想起來了！

它，是教室頂樓的那隻——鬼！

雖然它現在有眼睛，但陳中元記得很清楚，那時候看到的它。

它的臉也是倒三角形，但臉上沒有眼睛，空隆隆的兩個大黑洞，左手斷了一截，還有，它的胸部被剖開來，白森森的骨頭，歪七扭八的被折開，裡面的內臟，全露出來，還淌下血水，血水一滴滴的往下滴。

想到這裡，陳中元低眼，從它頸子往下看……唉唷！它剖開的胸膛裡，掉出的內臟有紅、有暗綠、有白森森的骨頭，血水淌下一串，正滴滴……滴到陳中元的床鋪上。

它伸出斷了的左手，嘴巴喃喃動著，臉上露出痛苦表情。這會陳中元可以知道它在說些什麼了，它傳達的訊息，只有一個字：痛！痛！痛！

「啊——，救命！媽媽——。」

陳中元猛然發出驚天狂吼的求救聲，因為太突然了，陳爸和陳媽同時奔進他房裡。

它，那隻鬼，在陳中元出聲大喊時倏然消失，它化作一股藍焰氣，縮入布娃娃內，緊接著，布娃娃也消失了。

「怎麼啦？發生什麼事？」

陳中元渾身顫慄的躲入陳爸懷裡，放聲痛哭。

校方接到四位同學同時都請很長的病假，老師只好去做家庭訪問。

由同學口中，老師知道了他們擅闖禁地，才導致生了重病。

老師跟家長反應，校方一再三令五申，禁止同學們上教室頂樓，就怕他們發生危險，可是同學竟然不聽話，老師表示他也很無奈。

家長的反應是，既然孩子去頂樓而生病，現在希望能帶他們再去頂樓，化解他們的病。

老師嚴肅地一口回絕：「不能去頂樓，絕對不能再去！」

「為什麼？」家長異口同聲地問。

老師沒有回答，只是臉色蒼白的告辭離開。

後來，家長們帶孩子去收驚、看醫生，才陸續打聽出來。

原來這間學校是醫院改建的。

據說，那棟教室的地點，原本是醫院的太平間，可以想像有多少死人在太平間，而且死法完全不同啊！

頂樓也曾住過一位校工，後來發生了什麼事，沒有人知道，只知道這位校工已經死了，之後頂樓就一直空著。

那棟教室，之前也常常發生事情，校方在樓頂處一共上了四道門鎖，一再禁止學生上去。

那些病死的陰魂，無法超生也不去輪迴，竟流連在去世之處，晚上它們可以任意徘徊，白天它們要找個依附的東西。

那個依附的東西，就是那隻布娃娃，也可以說，那隻布娃娃凝聚了許多陰魂啊！

細思極恐的
校園鬼話

鬼禁地

第二章

校園的某個角落，很早以前，被稱為：鬼禁地。傳說，這裡有鬼魂遊蕩。

如果，有機會到這間學校的話，可以看到校園角落還置放著打掃工具，但是沒人敢動它，因為……。

黃素蓉是這間學校的國二生，她的個性溫順內向，不會主動跟同學哈拉，只會乖乖地上課讀書，孤單的回家。認真地說，她沒有朋友。

因此，她成了被霸凌的對象。

班上，有三個同學比較活躍，不愛讀書。她們下課後喜歡聚集，相約一起喝飲料談天，或上網玩遊戲。

三位同學中，柯靜常以首腦自居，也喜歡發號施令。只因為她家有錢，長得標致、常常請客，另兩位同學也樂於聽她的。

有一句話說得好：吃人的嘴軟、拿人的手短。

午休時，葉小娟氣喘吁吁，跑來找柯靜：

「糟糕了，大事不妙了！」

柯靜和許玉貞正啜著飲料，聞言，兩人眼光同時投向葉小娟。

「下週開始，輪到我們班打掃那裡！」

「打掃就打掃，妳幹嘛那麼緊張？」許玉貞道。

柯靜冷眸一瞟，問道：

「打掃哪裡？」

「就……那裡呀，最恐怖的角落！」

柯靜和許玉貞同時倒抽口冷氣，柯靜閃閃眼：

「奇怪，那裡向來不都是國三學長去打掃的？」

「嗯，我剛才聽到老師在討論說暑假快到了，國三生要升高中，正積極準備基測。打掃的工作，就讓國二生輪流，我們班排第一週。」

柯靜雙眸往上一轉，伸手撥弄髮絲，一副不悅狀：

「我不可能去打掃那種不乾淨的地方，像我長這麼美，萬一鬼魂看上了我，妳們怎辦？」

葉小娟和許玉貞同時一愣，不解地看著柯靜。

柯靜露出美美的笑：

「不懂嗎？以後，誰買點心、飲料？誰帶妳們去玩ＯＮ　ＬＩＮＥ？」

葉小娟和許玉貞恍然大悟的點頭：

「對對對，那怎麼辦？」

啜口飲料，柯靜不疾不徐地說：

「所以，妳倆的任務，就是去找班頭，叫她不要排我們去打掃那裡！」

許玉貞歪著嘴：

「我想，班頭不會答應。」

「是嗎！」柯靜瞪圓明亮的一雙大眼：「那麼，由妳負責這個任務。」

許玉貞有如被甩一巴掌，雙腮透紅，支吾的無法接話。

「怎麼？妳辦不到？」

「我……我的意思是不容易……。」

「妳平常的吃、喝，都是假的啊？」柯靜斜睥許玉貞：「不要讓我以為，我養了個飯桶。」

說完，她大剌剌的轉身，抖著肩膀走了。

許玉貞不滿的輕哼一聲，葉小娟準備追上柯靜，許玉真適時喊住她，她轉向她。

「連妳都不理我？」

葉小娟雙肩一聳，一副悠哉狀。

「什麼好姊妹，根本就是謊言！」

「唔，妳可以選擇脫隊。」

想想，許玉貞還是不能來硬的，她緩下臉頰，換上一副強笑：

「噯！都說妳是咱們的女諸葛，幫我想想看有什麼辦法說服班頭。」

葉小娟歪歪頭，真的像在想計策……。

「妳也知道，班頭這個人，做事向來秉公不私，她會採納我的意見？」

「啊！我想到了！」葉小娟忽然手舞足蹈。

◆

分配完工作，班頭就離開教室。同學們散開，各自忙起來。

黃素蓉拿著掃把，正準備搬開桌椅。

許玉貞走過來，一把搶走黃素蓉手中掃把，黃素蓉淡然看著地上。

這種事，對黃素蓉來說，已經不稀奇了。她就等著許玉貞下一步的動作。

其他在附近的同學們，只看一眼便都低頭，自忙自的，沒人敢出聲。

許久沒動作，黃素蓉抬頭看，許玉貞詭笑著，朝黃素蓉勾勾食指，轉身往外走，一會後，黃素蓉跟著踏出教室。

走到教室外的操場一棵大榕樹下，許玉貞彎腰，抓起樹旁的竹畚箕、掃把，遞給黃素蓉。

黃素蓉看著許玉貞，滿眼疑惑。

許玉貞模仿起柯靜的氣勢、口吻，說道：

「喏！去打掃『鬼禁地』！」

黃素蓉聞言，張著的嘴，形成大大的『O』字形，小臉倏然一片蒼白。

「不去是嗎？」

黃素蓉倒抽一口涼氣，過了好一會，努力讓自己恢復淡定，小聲說道：

「去？就我一個？」

許玉貞頭仰得高高的，用力點一下。

「拜託，可以再找個同學，跟我一起嗎？」

「這種事誰願意啊？」

「可、可是我一個人……。」

「看看人家國三學長們，掃了那麼多年，發生啥事嗎？沒有！」

黃素蓉無言地低下頭，她其實也知道，跟她們這幫人完全沒有商量餘地。

「快去！妳沒掃乾淨，萬一檢查不通過，那就是妳的責任囉！懂吧？」

說完，許玉貞模仿著柯靜的身段，大剌剌的轉身，抖著肩膀走了。

望著許玉貞的身影，黃素蓉簡直快掉下淚來。平常被欺侮，也就算了，這次，竟然要她去流傳許久，從沒間斷過的恐怖傳言：鬼禁地！

猶豫著不知道過了多久，黃素蓉移動沉重的腳步，一步一頓，眼淚也跟著一滴一滴地掉下……。

終於，再轉個彎，就是校園角落——鬼禁地！

因為她的延宕，走到這裡時，已經五點多，天色暗了不說，加上一旁的大樹，枝葉繁密得把陽光都遮蔽，因此，這裡看起來更晦暗陰森。

黃素蓉轉過彎，站在校園彼端，顫慄的望著又長、又陰暗的校園路徑。

這種極端害怕的感覺，真不知道該如何形容，黃素蓉只知道，自己整個人幾乎都快掏空，腦袋一片空白，手腳都不是自己的，已經沒有感覺了！

簡單的說，她宛如行屍走肉，渾身的神經全都死了！

單單只剩兩個字！害怕！

雖然害怕，卻又不得不去面對！

這種痛苦，沒有遇到過的人，是無法真正體會的！

忽然，颳來一陣陰風，又傳來陣陣「沙——沙——。」響聲。

黃素蓉嚇得丟了手中清潔用具，蹲下身去掩住臉，不敢往前看。

好一會……不！好像過了很久，安靜了後，黃素蓉從指縫間，窺視著。前面一切是空闃，不說人影，連個鬼影也不見。

她這才徐徐放下雙手……。

◆

原來，那陣風，刮得陰鬱樹葉，紛紛墜落，同時地上的落葉，被掃得到處紛飛，才引起沙沙響聲。

黃素蓉喘著大氣，她胸脯劇烈起伏著，慢慢站起來，又想起了什麼似的，彎身抓起清潔用具，一步一頓的向前走。

這時，天色更暗了，她很想逃回去，但向來乖乖牌的她，沒有打掃完，是不敢離開的。

黃素蓉拿著掃把，開始掃起來，掃了一會才發現應該要從對面角落掃過來才對。

於是，她往前走，忽然眼前，一個血淋淋的斷頭，垂了下來，頸脖處猶自滴著鮮紅血液。

「哇啊——。」她嚇得高喊一聲，手中掃把掉了，她往後退一大步，摔倒在地。

正在這時，右邊的教室，由牆壁爬出一隻斷手，五指如勾，繼續向她爬過來。

「啊呀——鬼、鬼、鬼啊——。」

驚懼吼聲中，黃素蓉轉過身，她無法站起來，手腳並用的，像狗爬行般，爬向她剛剛來時路。

黃素蓉一面爬一面淚流滿面，她此時的感覺，正是呼天不應，叫地不響。

爬行了五、六公尺左右，忽然淚水模糊中，出現了一雙穿著襪子，以及校方規定的學生皮鞋，只是這皮鞋的款式，相當老舊。

黃素蓉含著淚的模糊視線往上移，看到了校方規定的裙子，雖然這裙子跟她所穿的款式、顏色很不一樣，但只要是人，就可以是救她命的人，她別無選擇啊！

況且依這穿著，可以確定是校內同學。

黃素蓉宛如溺水者，拉到一根浮木似的，騰出一隻手，極端顫抖地往上，緊緊拉住裙子主人，泣不成聲，語無倫次地：

「救……救救我，我……不想死，拜託，救、救……我。」

不知求了多久，這位同學始終沒有出聲，好久後同學彎下身，動作優雅又緩慢地拉起黃素蓉的手。

雖然同學的手，冰冷得讓人自心底，升起極其異常的寒顫感。但黃素蓉心中升起的，是更多感激，她涕零萬分地，不斷點頭，算是答謝同學，可她渾身還是戰慄不已。

這時候，陰寒的冷風，不斷從四面八方刮過來，刮到黃素蓉左近，竟興起一大股旋風，旋風很強，強得幾乎可以把人身上衣服刮掉。

此時，爬牆的斷手，忽然停止住，牆角出現半顆臉、一隻眼球，緊接著，斷手迅速往後縮回去。

而在此同時，垂掛下來的血淋淋斷頭，驀地往上竄升。

天色更暗了，陰鬱的大樹、樹葉似乎也見證了這一切，不太尋常的一切。

◆

第二天，一大早，教務處來了個中年女人，慌張的奔進教室，聲音高昂：

「我是黃素蓉的媽媽，請問她的班導師在嗎？」

一位男老師站起身，迎上前：

「我姓徐，雙人徐……」

徐老師話沒說完，黃媽媽就打斷他的話：

「你就是我女兒的老師啊！糟糕了……。」

徐老師環視一眼教室，手一伸，不緩不急的說：

「抱歉，有事請到外面說，好嗎？」

黃素蓉的媽媽劈里啪啦，一連串地說：

「有事！當然有大事，不然我吃飽了撐著，來學校幹嘛？我也很忙的！」

徐老師可以理解，為什麼黃素蓉是這麼個乖乖牌，原來有這樣的媽媽。

話是這麼說，但黃媽媽在徐老師的堅持下，一塊踏出教室，在走廊上談。

「素蓉昨天沒有回家，我想她是不是在學校？」

「哪可能！學校四點半放學，同學們就離開學校了。」徐老師想想，忽然問：

「素蓉有參加補習班？課業輔導？」

黃媽媽搖頭。

「或是，素蓉會跟同學一起下課？去同學家？」徐老師繼續問著。

黃媽媽搖頭：

「不可能！我不准她下課後亂跑到別地方。」

「怎麼會這樣?那，她會到親戚家……找誰?」

「不會!」黃媽媽斬釘截鐵地:「如果她要去親戚家，一定會告訴我。我昨天等到半夜，急壞了，差點跑到學校，又想到三更半夜的，學校哪有人?」

「嗯……」徐老師點著頭，皺起兩道濃眉。

「我很擔心素蓉會出事，如果學校這裡找不到人，我會立刻報警!」

徐老師帶著黃媽到教室去，早到的同學們都在溫習課業，徐老師問同學們，昨天，誰跟黃素蓉在一起?

大家都搖頭，徐老師便問班頭，微胖的班頭站起來:

「老師，黃素蓉昨天輪到打掃教室，是不是因為這樣，才……」

「打掃教室，要掃一整夜嗎?」黃媽媽馬上接著問。

班頭囁嚅著，轉向另一位同學問話，她昨天也是打掃教室。這位同學支吾半天，搖頭說:

「我……沒注意到她。打掃完，我就回家了……。」

事實上，她曾看到黃素蓉跟著許玉貞走出教室，但是她不敢說，怕得罪許玉貞那幫人。

結果就是這樣，完全沒有人知道黃素蓉的下落。

有些同學還沒到學校來，徐老師只得向大家說道:

「如果有同學知道黃素蓉的下落，或昨天跟她在一起的，請到教室來，跟老師報告。」

黃媽媽只好離開了，不過離開前，她跟徐老師說：

「我會去報案，如果找不到素蓉，是你們學校的責任，因為她是在學校不見的。」

徐老師沒有回話，只是靜靜地聽著。

黃媽媽沒有回去，逕自到警察局報案。

徐老師和黃媽媽離開教室後，同學們紛紛交頭接耳。

不久，柯靜、葉小娟、許玉貞踏進教室來，大剌剌的走到自己座位上，一屁股坐下！

看到她們三個人進來，同學們馬上靜下來，各自看自己的書。

柯靜嗅到了教室裡，詭異的氣氛，加上同學們的怪異氛圍。她放下書包，輕咳一聲：

「我去福利社買早餐，願意讓我請客的，就一起去喔。」

她起身，當然葉小娟、許玉貞是頭號追隨者，她們三個人走出去，好一會後有一位同學，悄悄從教室後門，也走出去。

同學們雖然平常不太跟她三人來往，可是也有幾位多嘴好事的報馬仔啊！

報馬仔同學吃完麵包，喝罷飲料，說完該說的話，一溜煙就回教室去了。

「有這種事？」葉小娟咬著麵包，歪著頭說。

柯靜皺著彎月眉，但隨即又舒展開來：

「那又怎樣？關我啥事？」

「就是！」許玉貞點頭，嘴巴咀嚼著食物，仍不忘記多嘴：「腿長在她身上，她要翹家關我們啥事？」

這時，朝會鈴聲響起，柯靜站起身：

「吃飽了？走啦。」

朝會罷，第一節國文課，是班導徐老師的課，他以沉重口吻，說出黃素蓉的事件，並請同學們幫幫忙，有看到她或知道她下落的，趕快跟老師報告。

講臺下的同學們，你看我，我看你的皆無言。

第四節課上到一半，教室門外忽然出現一道人影，是──黃素蓉！

全班同學們，驚訝的眼光，全都聚集在門口的黃素蓉！

這節課是個老學究的代課老師，並不清楚班裡狀況，他只推推眼鏡，看一眼黃素蓉，說：

「怎麼這時候才來？進來吧。」

低著頭，黃素蓉安靜的走進來，她跟平常一樣溫順乖巧。

柯靜充滿不屑，冷冷看她一眼。

葉小娟、許玉貞的臉雙雙變色，兩個人會意的交會個眼神。

葉小娟比較細心，她打量著黃素蓉，把她從頭到腳的看一遍。

忽然間，她臉現出驚惶神色，張著嘴。然後她急急望向許玉貞和柯靜，可惜她倆人都沒看她，她只好憋到下課。

下課鈴響，老師尚未跨出教室，葉小娟迫不及待的奔向柯靜。

柯靜老神在在的瞪她，眼神似乎在暗示她：

——又不是什麼天大大事，她又不是什麼大人物，急個屁呀？

看到柯靜這眼光，葉小娟反倒說不出話，柯靜向許玉貞勾勾食指，又看葉小娟，示意到外面。

三個人跨出教室，柯靜伸個懶腰，問：

「中午想吃什麼好呢？」

另兩個人皆沉默著，柯靜意外地轉頭，看一眼她們：

「幹嘛啦？妳們兩個怎麼啦？」

沒人應話。

「哦！早上老師的話，讓妳倆那麼擔心啊？看！黃素蓉回來不就好了嗎？沒事了。瞧妳兩人，好像看到鬼！」

談到『鬼』字，許玉貞和葉小娟，心中不由得『咚！』一跳。

好一會，葉小娟低聲說：

「妳們都沒看到嗎？」

柯靜冷眸閃著光，許玉貞問：

「看到什麼？」

「黃素蓉……。」

柯靜不悅極了，插口說：

「靠！又是在談她！我說，她又不是什麼大人物，回來就回來，啥了不起？」

葉小娟皺著眉頭，聲音放得更低：

「當然，她不是大人物，不過我看到她奇怪的地方。」

柯靜張嘴，還想飆罵，許玉貞接口：

「小葉一向細心，就聽聽她的吧。」

呼了口氣，柯靜神態無奈：「有話快說，有屁快放！」

接著，葉小娟緩緩說：

「她……她進教室後，我看到她走路時，後腳跟……是懸空的！」

靜默了好一會，柯靜撇著嘴角：

「哼！故弄玄虛。妳不懂嗎？像她那麼安靜的人，一副鬼腦袋模樣，鬼點子特別多！」

葉小娟和許玉貞同時看著柯靜，只見柯靜比手畫腳，繼續說：

「她呀，躲個半天才又出現，故意讓大家擔心，還驚動老師，太厲害了。其實根本沒事！」

沒事嗎？葉小娟、許玉貞對望一眼，都想著：希望如此！

◆

下課不久，許玉貞不見了！

向來孟不離焦，焦不離孟的葉小娟急壞了。

葉小娟逢人就問，看到許玉貞嗎？同學們都搖頭。後來，她拉住柯靜，找遍廁所、操場等等……所有可能的地方，全都找不到。

「哎唷！妳急什麼？搞不好她今天有事，提早回去。」柯靜不耐煩極了。

葉小娟閃閃眼，忽然問：

「有看到黃素蓉嗎？」

「嘿！無聊！我管那個賤人幹嘛？」

聽她口氣，葉小娟知道她沒注意到她，她腦裡忽然靈光一閃，想到一個地方：

「快！跟我來！拜託，一下下就好。」

第二章

鬼禁地

柯靜雖然莫名其妙，只好跟著葉小娟走，沒想到居然是去校園的『鬼禁地』。

柯靜很不爽，一面走一面嘮叨。葉小娟一路往前趕，走到教室盡頭，轉角就是傳言已久的——鬼禁地。

雖然柯靜一向任性，走到這個僻靜地方，心裡還是有點發毛。

轉過轉角，葉小娟突然大大的「啊！」一聲，頓住腳。柯靜連忙趕前一步，赫然看到前方一幕，也驚得呆了！

許玉貞面向柯靜方向，頭垂得低低，雙手反剪跪在地上，那個樣子分明就像犯人將被殺頭。

許玉貞後面，黃素蓉呆站著，仰頭望著蒼鬱的樹木頂端。

柯靜和葉小娟循著黃素蓉眼光，也望向樹木頂端，可是天色灰暗，加上枝葉茂密，看不到什麼。

看這情形，不說也知道，分明就是黃素蓉搞的鬼呀！

但是，柯靜和葉小娟都忘記一點，軟弱的黃素蓉，敢這麼大膽嗎？

霸氣的柯靜可憤怒了，她一把衝向前，直衝到黃素蓉面前，抬手就要甩她巴掌。

黃素蓉臉色青晦，雙眼木然，動也不動。柯靜抬高的手，倏然竄來一陣陰寒，接著被人從後面扼住手腕，無法動彈。

在這裡就只有她四個人，所以柯靜認為是葉小娟拉住她的手，她生氣的跳著腳，怒道：

「小娟，妳給我放開手！今天我不教訓這個賤人，我的名字不叫柯靜！」

小娟沒有放手，柯靜更生氣了，暴怒喊道：

「可惡！葉、小、娟，妳聽到沒！」

「我、我……我聽到了……嗚……。」葉小娟的聲音傳來，既細又遠，還顫抖地哭泣著。

柯靜轉回頭一看，葉小娟還停留在轉角處，她蹲下來卻淚流滿面地顫慄不已，一手指向樹木頂端。

柯靜這才看清楚，自己的手腕被一隻纖細的嫩手握住，但是這隻手卻血跡斑斑，還只有半截。它手肘斷截處，連接著一根枯骨，枯骨連接得很長，長得不像話，長得伸入到陰暗茂密的頂端的樹葉叢裡面。

柯靜瞠目結舌，一顆心狂烈的劇跳，順著枯骨，望向茂密樹葉叢內，卻看不到什麼。

霸道又任性的柯靜，膽子好像比一般人大，雖然害怕，她還是瞪大眼緊望住。啊！有了！她看到陰鬱樹葉中，有一雙骨碌碌發著白光，沒有眼瞳的眼睛！

「啊——放開我、放開我。」柯靜沒命的大叫，猛甩著手。

這時候，跪在地上的許玉貞抬起頭，她看一眼柯靜，右轉望葉小娟，揚聲叫：

「救我！快救救我呀！」

葉小娟看到許玉貞，披頭散髮，滿臉血水，橫七豎八的縱流在臉上，那樣子說有多恐怖，就有多恐怖，葉小娟哪敢上前！

即使驚恐萬分，柯靜仍然有她霸氣的個性，她提高聲叫，但卻變成很難聽的尖銳聲：

「小娟！快過來！幫我拉掉這隻死鬼手！快呀！」

小娟戰戰兢兢地站起身，雙腿卻抖得邁不開腳步，就在原地打顫。

黃素蓉雖然呆愣，還是聽到了柯靜尖銳的聲浪，她視線轉向柯靜，又緩緩轉望葉小娟、許玉貞。

柯靜還在繼續吼叫，一面抖甩著手，但甩不掉。手腕部分迅速紅腫起來。

就這樣，僵持了不知多久，黃素蓉忽然驅動身體，筆直飄向前，她越過柯靜、許玉貞，逕向葉小娟而來。

柯靜和葉小娟看得一清二楚，黃素蓉不若一般正常人的走，她整個人呈直線的飄向前，再一細看，嚇！

她的後腳跟是懸空的，而且腳尖幾乎是不著地的！

葉小娟就快癱軟了，雙腿因顫抖，加上害怕，整個人無力的癱坐在地，直到黃素蓉飄到她前面，她簡直快暈眩了。

能暈眩更好，昏過去，就什麼都不知道了！

黃素蓉飄到她面前，露出詭詭的冷笑表情，聲音卻像男人的低沉粗獷：

——嘿嘿……去啊！去幫忙妳的朋友！

聽到這樣的惡聲浪，葉小娟驚懼萬分，把頭埋入雙膝蓋間，抱住頭，啜泣著。

看到、聽到黃素蓉的樣子、聲音，柯靜也呆住，忘記掙扎她的手腕。

——嘿嘿？今天膽子很小喔？那天，冒充我，很好玩吧？嘿嘿嘿……。

葉小娟猛搖著頭，口中不清不楚的咕噥聲，帶著嗚咽：

「不敢、不敢……了，不、不敢……。」

黃素蓉飄飄然，大回轉身，往後飄……。

許玉貞慌忙低下頭，詐死！柯靜張大著嘴，除了手無法動彈，她整個人是往後退縮著。

黃素蓉飄向柯靜，又發出低沉、粗獷音浪：

——霸凌同學，好玩吧？嘿嘿嘿……。

柯靜雖然駭異萬分，但，平常欺人慣了，尤其是面對著黃素蓉，她吞嚥一口口水替自己壯膽，說：

「妳這個賤人，裝神弄鬼，想嚇唬誰？還不快……。」

黃素蓉驀地揚手，甩柯靜一巴掌，柯靜嫩白漂亮臉龐上，印出五道鮮紅血印。何時受過這種委屈？柯靜霸道個性馬上反應出來，怒吼：

「賤人！賤婢！好大膽子！妳……。」

黃素蓉一甩頭，突然間她齊肩頭髮，散亂的張開來，將整張臉覆蓋住，一根舌頭往外伸得老長，伸向柯靜的臉頰。

柯靜先感到臉頰一陣冰冷，接著是一片劇痛，又痛又駭之下，她暈眩了。同時，手腕也鬆脫，終於，她『碰！』地一聲，倒了下去。

或許是連鎖效應，早就快支持不住的葉小娟也暈了過去，接著是許玉真，整個人軟軟的歪躺在地。

黃素蓉詭異笑著，看一眼現場，突然間她渾身一振，雙眼一閉，仰倒躺在地上。

天色更暗了，寒淒淒的冷風，颳得樹葉沙沙響起，這聲音就像是陰魂的不平噪音。

被同學發現，救回的柯靜等四人，過了段時間，才逐漸恢復。此後，她們三個人看到黃素蓉，都敬而遠之，黃素蓉再也不會受到霸凌了！

柯靜等三個人聚在一塊，柯靜好奇的問：

「玉貞，那個賤人替我們打掃『鬼禁地』那一天，我讓妳倆裝鬼嚇她，妳們說，妳們看到了什麼？」

「……我不是跟妳說過了？」葉小娟頓了一下，說。

「我根本沒聽清楚，妳再說一遍。」

葉小娟、許玉貞，實在不太願意再談，但礙於是柯靜，只好再說一次。

那一天，她倆一個操弄斷手，一個躲在樹上掛下斷頭，把黃素蓉嚇得半死，誰知道，忽然間，就冒出個人——

這個人，不！這隻鬼，只有一顆垂著長髮，覆蓋住整張臉的頭，脖子以下，空空的沒有身體，但卻出現腰部以下的半身，穿著的裙子和鞋和襪，全都是數十年前的學校制服。

兩人驚愕間，忽然颳起一陣強勁旋風，然後黃素蓉和那隻鬼，竟然在她倆面前，雙雙消失不見！

鐘聲二十一響

第三章

關於這口造工精細的鐘，既是地標，也是精神象徵。它有許多傳言，直到現在網路上還有許多貼文繼續流傳著。

但到底是真，是假。且當姑妄聽之，就不必去追究真假了。

周可妙和白文英到校報到的第一天，因緣際會，竟成了好朋友。上了半學期後，兩人都各自交到男朋友。

一天，周可妙和白文英兩對情侶相約見面，下課時已經將近黃昏時分，等四個人都到齊，天色都暗了。

白文英的男朋友游本祥，天性樂觀，喜歡說笑，周可妙的男朋友——何世偉相較就嚴肅些。

當四個人討論著社團內容，游本祥忽然抬頭看著鐘，白文英拉拉他的手：「喂，專心一點，早討論完，早些去吃飯，我餓了！」

「聽說，在這口鐘下面約會讀書，必定會被當掉，我看我們的社團，肯定……。」

「唉唷！你就別迷信了，那只是傳言。傳言ＯＫ？」

「嗯，是這樣嗎？」游本祥兩眼依舊盯住鐘：「既然只是傳言，為什麼大家都言之鑿鑿？」

「好了，別再看了，每天經過都看，不膩嗎？」白文英瞪他一眼。

白文英硬是拉回游本祥注意力，討論到將近七點，四個人才準備去吃晚餐，經過水池，走到一半，游本祥忽然「咦！」了一聲。

白文英看他一眼，沒想到，游本祥竟然逕自走向池畔佇足。

其他三個人跟著停住腳，何世偉問道：

「看什麼？」

游本祥伸手，指著水池中央：

「看到沒？看到沒？那裡有水泡泡。」

另外三人六隻眼睛專注緊望水池中。耶，真的喔！

昏暗的夜色下，周遭一片暗黝，遠處投射來微弱的燈光映著水波，使水面依稀可見到水池中央，浮出數顆水泡泡。

「拜託，別土了。」白文英糗道：「水池裡有魚吧？魚總要呼吸，也會吐泡泡吧？」

好像她說得對，周可妙、何世偉頷首，繼續向前走。白文英跟在後頭，也往前行。

游本祥準備轉身之際，池水的泡泡頓時變得又多又緊密，這又把他的視線緊緊吸住。

緊接著，泡泡中央，冒出一個半圓型弧度，它緩慢地徐徐上升……。

理。

「喂喂！快看！你們趕快看，那是什麼？」游本祥忙上前，喊住前面三個人。三個人慢吞吞，含著笑意轉回頭，他們都以為游本祥在開玩笑，根本不太搭理。

「真的啦！你們看，水池裡有東西冒上來！」另外三個人，跟著游本祥再次轉眼，望向水池時，水面上一片平靜——除了幾顆尚未破掉的泡泡之外。

「齁！我就知道，一定又被耍了！」白文英仰頭，一副無奈狀。

「沒關係，知道個性就好。」周可妙追加一句。

何世偉倒沒說什麼，邁開大步往前走。

游本祥不死心，倒退幾步更靠近水池邊，然而盯視了好一會，只看到池面上，圈圈漣漪。最後，他只得快步跟上去。

在此同時，池岸邊雜草叢生處，突兀的冒出一顆頭，臉上沾滿濕漉漉的頭髮，頭髮中射出兩道慘紅色的黯淡光芒……。

◆

已經好幾天沒看到游本祥，白文英覺得有點奇怪。平常日子，他都會主動來找她，要不就撥手機，跟她聯繫。

偶然間，白文英經過行政大樓，忽然看到一抹熟悉身影，她跑過去，叫：

「本祥！本祥！」

游本祥沒有回頭，他坐在水池畔不遠處，面向水池。跑近了，白文英拍一下他的背，顯然他被嚇一跳。

「你都忙什麼呀？最近？」

游本祥搖頭，不語。白文英看到他臉色鐵青，眼光渙散。

「你到底怎麼回事？生病了嗎？生病就要看醫生呀？」

「沒有生病啦。」

「我看你臉色不太好，是課業壓力？還是？」

游本祥又搖頭，聲音低調：「沒事。」

「中午一起吃飯？嗯？很久沒一塊吃飯了。」

游本祥無可無不可地跟白文英去用餐，期間都是白文英一個人唱獨角戲，游本祥始終沉默著，偶而會抬頭撇著嘴角看她一眼。但表情一直是平淡無變化。

飯罷，白文英還想邀他逛逛，去圖書館。游本祥一概拒絕了，他說想回宿舍，多看些書。

之前，很少看到他這麼用功，不過既然他想看書，白文英沒理由繼續纏住他。

之後，又過了將近一個禮拜，游本祥還是很少跟白文英聯絡。

白文英情緒相當低落，她去找周可妙談心事。

「啊？有這種事？」周可妙眨著明亮大眼，思緒也跟著翻轉起來。

「妳說他這會是什麼狀況？」白文英又白又肥的手指頭，絞扭著手帕。

「狀況呀？讓我想想唷。」

何世偉不但人品好，功課好，還是社團團長，之前有很多女同學，對何世偉印象不錯，甚至有幾位女生很主動，所以何世偉曾有過女朋友。

周可妙長相甜美，她和何世偉都是中上之姿，可算是「外貌協會」會員，兩人蠻登對的。

所以，周可妙總得時時刻刻提防何世偉周遭的女生。因此長相肥腴的白文英，特地來請教周可妙。

「其實妳擔心的事，不無可能發生。」周可妙輕蹙眉心：「妳別看游本祥散漫漫，他很會搞笑，有些女生就喜歡這樣的男生。」

「啊！」白文英聽了，更是擔心：「那我該怎麼辦？」

「嗯……首先，你必須確定他真的不太想搭理妳，還是有其他問題。」

「我該從哪下手呢？」

「過來，耳朵借一下。」

白文英把耳朵靠近，周可妙一邊比劃著纖細手指，一邊低低說著話，她漂亮臉蛋上，眉飛色舞，表情豐富。

白文英先是聽得一愣一愣，繼而頻頻點頭，顯出專注的樣子。

「妳先這樣試試。」

「萬一不行呢？」

「妳先不要急，萬一不行，我還有下一招。」周可妙篤定的說。

◆

下了課，白文英急匆匆地趕到文學院，她早探聽清楚，游本祥每天的課程，她知道他今天有一堂西方哲學課。

夾在文學院和行政大樓間的鐘，響亮而清脆的響了起來。

同學們三三兩兩，從椰林大道走來，魚貫踏進文學院，但是等了老半天，就是沒看到游本祥。

直到教授也進入文學院，白文英不得不死心。看來，游本祥翹課囉。

發了一會呆，白文英懷中抱著書本，意興闌珊，轉回身就走。

唉！都說此處是整座校園最美的地方，可是今兒個看來，竟然如此無趣！

啊！是了！應該說受到心情的影響吧。

走到一半，遠遠的，白文英眼角瞄到一個似乎是熟悉的身影！

這個人，以奇怪的姿勢坐在草圃上，肩膀傾斜，頭偏歪。

白文英輕輕走近，果然沒錯，是他——游本祥。他旁邊除了放一堆書外，不見任何人，亦即說，沒有白文英預期的女生。

因此，白文英高興的奔向前，一屁股坐到他身邊草地上：

「哇唔，被我抓到了，你翹課。」

游本祥沒有啥反應，還是怪異的原姿勢。白文英看他一眼，學著他的怪姿勢，偏歪著頭，放眼望過去。

「看到了嗎？」游本祥忽然開口。

白文英莫名其妙，不知道他說的是什麼。

「那裡……」游本祥伸出手，指著前面。

咦！前面樹叢下，一隻貓慵懶的四肢朝天，頭側偏著看著這個方向——好像，牠也在看游本祥。

「妳……看到什麼？」

白文英差點噴笑出來：

「欸！你這樣頭不痠嗎？我可不行囉。」說著，白文英扭回頭。

「喂喂喂，妳看清楚，那裡有什麼。」

閉一下眼，白文英甚感無趣地開口：「一隻貓。你上課不去上課，在這裡研究貓，教授知道了一定會開罵。」

她說了一連串，可是游本祥完全無動於衷，好一會她看看腕錶，說：

「我下一節有課……」

「趕快去。」

游本祥口氣淡得讓白文英生氣，似乎無視於她的存在，連再見都懶得說，白文英起身就走。

走了一段路，身後依稀傳來游本祥的喃喃自語：

「紅的，是慘紅色……。」

晚上整座校園沐在夜色下，一彎新月掛在天邊，此情此景充滿了羅曼蒂克氣氛，只可惜白文英沒這個心情。

她一連跟蹤觀察了幾天，發現游本祥會在這種夜晚離開宿舍，到椰林大道附近徘徊。

這場景，這時辰，不正是約會的好機會嗎？有時游本祥會到大鐘下面的花圃；有時會到水池邊；有時會到草地……而他的行為舉止相當怪異。

白文英很有耐心，用守株待兔的計策，就是要挖掘出游本祥的祕密！

雖然截至目前為止另外那個女生一直沒有出現，但是白文英很有信心，勢必要把她給揪出來！

到底是誰有天大膽子敢搶她的男朋友？

一個禮拜了，始終沒碰到游本祥約會的對象，白文英又跑去找周可妙，周可妙說，她曾要何世偉幫忙，探聽游本祥的室友，可是不得要領，她思索著說：

「這陣子他都沒主動約你，照這狀況看來，肯定是有另外一個女生介入。嗯，我想，會不會妳已經暴露了行蹤，所以女生不敢出現？」

「我很小心呢。」

「還要更小心。總有一天，會探出他的祕密。我跟妳說，下次妳要跟蹤他，一定要躲好，千萬不能讓人發現，不然會前功盡棄哩。」

「知道了。」

所以這一天白文英帶著麵包當晚餐，還有最重要的武器——數位單眼相機，早早埋伏在男生宿舍暗處，果然晚餐後，游本祥又出現了。

他神情憔悴落寞，走路也恍神恍神的，他先晃到椰林大道，再走到鐘塔下面，繞著鐘走圈圈。

不知繞了幾圈，他忽然停腳凝眼望住前方，白文英跟著他視線，看到一隻黑色的狗。狗不稀奇，稀奇的是這隻狗也定定地回望著游本祥，看樣子好像他兩個在互通心語？

白文英嘴上掛著淡笑，忽然下一秒她笑不出來了，因為那隻狗的眼睛，露出兩道慘紅色的黯淡光芒！

第三章

鐘聲二十一響

在這四下無人的陰鬱的夜晚，看來格外醒目懾人。

因了這一驚，白文英無意中觸動一片樹葉，游本祥和狗，同時轉頭，朝她這兒看過來。

白文英吃一驚，連忙趴下身，動也不敢動。好在這時吹來一陣風，雖然很冷卻解救了她。

然後，游本祥離開鐘塔，走了。過了好久，白文英才敢探出身，她顧不得那隻狗怎樣了，悄悄尋覓游本祥。

很費了些工夫，白文英才看到，遠遠的水池邊，有兩個人影，相依相偎。

白文英不敢驚動一片葉子和一根小草，輕悄迂迴地靠近。

赫然間，她瞪著眼，嘴巴張得大大的，滿臉不可置信地望著眼前這幕。是游本祥，另一個長髮飄逸，絕對是女生！

儘管懷疑了許久，一旦揭開事實，她還是震驚的心痛，繼而是傷懷，最後是憤怒。

舉起手中相機……呃！不行，手抖得很厲害，她放下手，努力平息心中怒火，好一會，她才舉高相機，無聲地按下相機按鈕，就在這剎那間，女生轉回頭，長長髮絲，飄散開來。

白文英對上了女生的眼睛，她有瞬間的失神。她有自信，絕沒有發出任何聲響，還藏在樹叢底下。但怪的是這個女生竟然發覺了？

雖然周遭暗黑一片，還有池水上面反射的光影，視線不受影響，白文英看到這個女生，渾身都是黑烏的，只有銅鈴般大的一雙眼瞳，投射出慘紅色的黯淡光芒！

很熟悉呀！這恐怖的光芒……

白文英跟著思緒，眨眨眼，就在她睜眼之際，那個渾身黑烏的女生，現出了原來的真面目……

她竟然是周可妙！

「啊——呀——。」白文英叫不出來，聲音卡住喉嚨，她忙用手死命掩住嘴巴，渾身劇烈的顫抖，兩道淚水奔瀉而下。她幾乎……幾乎……無法站好了。

女生又轉回頭去，頭靠緊游本祥的肩胛，狀更親密。

在此同時，傳來低沉的鐘聲：噹噹噹噹噹噹噹噹噹噹噹噹噹噹噹噹噹噹噹噹噹噹噹噹噹噹。

二十五響！

☗

頹廢了將近一個禮拜，白文英生重病了。

一位室友跑來喚白文英：外找。

第三章

鐘聲二十一響

白文英拖著沉重發燙的身軀，勉強到會客室——是周可妙！怒火如火山、即將爆發！

「怎麼都找不到妳？大白天的，妳睡什麼覺？咦？妳病了？」周可妙水靈靈大眼，審視白文英，伸手要摸她額頭。

白文英「啪！」，一掌打落她的手，橫眉豎目瞪住周可妙。

周可妙大怔，接著變臉：

「妳發神經？我好心來看妳，要告訴妳個消息，妳……」

白文英太生氣了，竟然說不出話，目眥盡裂，雙眼布滿血絲。

周可妙雙腮透白，口氣轉為冷淡：

「游本祥溺水差點死掉。我來告訴妳這個消息。去不去看他，是妳的事。」說罷，她起身就走。

「他死了，是妳的事！」噴出一口氣，白文英說。

「妳說什麼？」周可妙轉回身，臉上是既忿恨又不解神色。

「憑妳的姿色，怎麼會看上他？還是妳喜歡搶朋友的男人？」

白文英口不擇言了，這幾天幾夜她想了個透澈，電影裡不都是這個情節？

此刻，兩人的情誼幾乎要斷絕，周可妙深吸口氣：

「妳要再這樣亂說，我會撕爛妳的嘴。妳也知道我的姿色，妳也知道何世偉哪方面都強過妳的男人，我會看上他？我瞎了狗眼！」
提到狗，白文英倏地想起那一晚，看到的……呀！這會她想起來了，游本祥身邊女生，投射出的慘紅色的黯淡光芒，不正跟那隻狗的眼睛，是一個樣？
想到此，白文英轉望周可妙，她的眼睛……？
白文英這話，簡直侮辱了她，周可妙冷哼一聲，轉身就走。
「慢著！我有證據！」白文英喊道：「呵！這證據還是妳教我的。」
周可妙轉回身，伸出手：
「拿來！倘若妳說謊，我要告妳！」
白文英立刻回房，換了一套外出服，拿出單眼相機，二話不說開了相機，遞給周可妙。
周可妙看了，哈哈笑道：
「妳很幼稚，這種東西，算什麼證據？妳自己看看。」
白文英看一眼相機，裡面烏漆墨黑，但是，她那天可是親眼看到周可妙！
「我就是怕妳不認帳！走，我們馬上去沖洗相片。」
為了賭一口氣，兩人走出校門，真的立刻沖洗這張。相片上，只見到游本祥的背影，他微偏著頭，旁邊空無人影，只亮著兩道幽幽慘紅色的光芒。
兩人返回校園，白文英無話可說，卻心有不甘。周可妙心裡也很OX，她說：

「走！跟我去找何世偉。」

「幹嘛？」

「我看到妳相機上的日期，那一天我跟他在一起，他可以作證。」

白文英臉上盡是懷疑神色，周可妙接口：

「不只有我倆，還有他社團的人也在一起，他們都可以證明。」

◆

果然，周可妙勝了！

何世偉聽完周可妙和白文英的敘述，加上照片。他沉思了一會，說：

「這件事看來不單純，妳們兩個都中計了。」

「中了誰的計？」周可妙和白文英同時問。

「游本祥差一點沒命，依我猜，他很可能遇到鬼，而妳倆正中了鬼計。」

接著何世偉說出，校園裡流傳著一則鬼故事，一對情侶有第三者介入，女生跟男友相約在鐘塔下談判。結果男生失約，女生憤而投水自盡。

所以，每逢鐘聲響起，就會有人發生意外。

「尤其是夜裡的鐘聲？」白文英立刻接口：「那天夜裡，我在水池畔聽到25響的鐘聲，你們聽到了沒？」

何世偉和周可妙都說沒聽到，晚上大家都下課了，打鐘的伯伯，哪可能會敲鐘。

接著，三個人討論的結果，都說游本祥最近舉止神態很怪異。一場誤會總算解釋清楚了，白文英覺得對周可妙很不好意思，她意興闌珊的要回宿舍，周可妙叫住她：

「趕快去看他，他不是妳想的那樣。」

白文英走了後，何世偉向周可妙說：

「這樣吧，哪天，我找幾位同學，到鐘塔下尿尿……」

「幹嘛啦？」周可妙滿臉不可思議狀。

「沒看網路嗎？就有同學這樣做，說這樣可以驅女鬼。如果白文英要求我救游本祥，搞不好我真會這樣做。」

◆

「那，你就等著被記過！」周可妙篤定的說，因為她也看過，網路就是這樣寫。

回到宿舍，一整個下午白文英思前想後，覺得最近游本祥確實很怪異。若說他被女鬼迷魂了，那能怪他嗎？

晚餐後，休憩了好一陣子又想了想，最後白文英決定去找游本祥。

經過椰林大道和文學院，走到鐘塔下，白文英忘神的停腳，仰望著鐘，心裡想起剛剛何世偉說過的鬼故事。

這故事，太淒涼了！

——不！我不想成為鬼故事裡的主角。

誰知，到了游本祥宿舍，室友告訴她，晚餐後游本祥就出去，還沒回來。

白文英看一眼手錶，哇！已經快九點了。

她跟這位室友，攀談起來：

「游本祥有說，要去哪裡嗎？」

「唔……」室友想了想：「沒有聽他說呢。」

「那……聽說，他生病了？有好些了嗎？」

室友歪歪頭，嘖了一聲：

「不知道，不過他看起來精神很差，不曉得是不是溺水太久的關係，總覺得他臉色不對，說話有氣無力。」

「呀？這樣呀？」白文英心底，糾結成一團。

「嗯，他跟以前完全不一樣，簡直像變成另一個人似的。難道妳沒感覺嗎？」

室友也知道，他和白文英是一對。白文英不答。室友哈哈一笑，又說：

「之前我還以為你兩人分手，游本祥才變得魂不守舍。看來好像是我誤會了。」

聽到室友這樣說，白文英臉都紅了。

「對了，我本來想問他跟妳怎回事，可是，每次看到他神情委靡，臉色黯淡，呵呵，我硬是把話吞下去，不敢問。」

「為什麼？」

「就怕他難過，太傷心了呀。」

白文英尷尬的陪著笑，室友揮揮手：

「不跟妳聊了，趕快去找他吧。」

他會去那裡呢？

會不會去找周可妙？何世偉？還是誰？

跨出男生宿舍，白文英一路走一路想，就是不知道他……。

突然間，靈光一閃，白文英想到一個去處。

折向行政大樓，走到一半，遠遠的一隻狗站在前方陰晦的樹叢邊，牠雙眼射出慘紅色的黯淡光芒，盯著白文英！

白文英捏緊手中書袋，毫無畏懼的走向前，誰都不能阻止她去找游本祥，如果牠敢傷害她，或阻止她，她準備跟牠拚命！

她一步步小心謹慎的向前走。經過那隻狗旁邊的樹叢時，她聽到牠低低的嗚吼聲。白文英只一心趕快去找游本祥，其他的都不重要！

那隻狗，始終都沒動。

往右邊就是水池了，白文英轉向右方，慢慢走向水池，忽然她心底沉入無底深淵。

前面水池中央，浮著一個人，這個人下半身在水池裡。白文英手中的書袋，丟到草地上，她腳下加快的奔向前，一面跑一面喊：

「本祥……游、本、祥！不要——不！」

這季節水很冷，白文英忘記冷，忘記池水骯髒，也忘記她根本不會游水，她「撲通」跳下池，一面喊一面迅速走向池水中的游本祥，他似乎沒聽到，依然緩慢的往下走……。

「你這個笨蛋！游、本、祥！」

池裡幾步水路，宛如一世紀般長，好不容易終於走近了，白文英一把緊緊抱住游本祥，用力搖晃：

「你幹嘛啦！你這是幹嘛啦！」呼喊著的同時，白文英的淚水，猛然飆竄而下。

被這麼猛烈地搖，游本祥整個驚醒過來，驚訝地看看白文英：

「我……妳……我們怎麼在這裡？」

「你想自殺嗎？你怎可以丟下我？」

「我……，」游本祥愣愣的轉頭看著池水中央，伸手指著：「它呀，是它叫我。」

白文英放眼望去，嚇！水池中央，突兀的浮出半截女人上身，頭髮整個覆蓋住臉龐，只射出兩道慘紅色的黯淡光芒，詭異而恐怖。

但，或許是游本祥讓白文英膽子壯大，她含著淚揚聲喊：

「走開！你走開！我不准你帶走他，他是我的！你聽到沒有？」

游本祥似乎因為白文英的喊聲，更加清醒。他畏懼的縮退，白文英被他拉著，退回池邊岸上。

在此同時，池中央那女鬼，緩緩往下縮，縮回池水裡。

最後池水面上剩下一團水泡泡。

游本祥和白文英蹲在岸上發抖，忽然催命的鐘聲，響起來：噹噹噹……，白文英笑著，大聲數數：一、二、三、四、五、六……二十五。一共是二十五響聲！

這事過後，游本祥才說出：

這段日子以來，他幾乎天天作夢，夢中總是看到兩道幽幽慘紅色的黯淡光芒。之後，就算醒著也時常看到，接著更常看到，可以說這兩道詭異的光芒，始終跟著他，實際上他白天看到的是貓或是狗的雙睛，然後耳中則聽到一個女生柔嫩的低呼喊聲，喊的都是他的名字。

女聲也在半夜出現，喊他起來往前走，下水池去……。

如果有一天，沒聽到這個女聲，他就渾身不對勁，整個人渾渾噩噩地，直到他出事。

何世偉和周可妙聽完游本祥和白文英這一段，都稱讚說，是白文英的愛情力量，救回了游本祥。

白文英聽了，害羞的燒紅雙腮，不過她的愛情意志搶回男友，倒令她非常開心。

至於這口鐘，據說，在一九九八——一九九九年，都是人力敲鐘，敲二十二響。但是，據同學們傳說，有時不小心，會敲到二十三、二十五響。二〇〇〇年元月，改成電腦啟動，才固定敲二十一響。

因為要紀念已故校長傅斯年，說過的一句話：

「一天，只有二十一小時，剩下三小時，是用來沉思的。」

細思極恐的
校園鬼話

第四章

理工教室的怨靈

「午夜十二點整，就在這四方桌上，周遭窗戶和門，全都蓋緊黑布，桌上燃了根蠟燭，在燭光搖曳下，她們三個人，召起碟仙來了……！

搞了很久，將近午夜一點時，果然碟子自動移動起來。

接著，她們提出各式各樣的問題，就是要請碟仙回答。例如：考試的題目，有機會搭訕她們喜歡的對象，還有其他奇奇怪怪的問題……。

這些問題，碟仙只回答一部分，其他的就沒有下文。

後來，她們三個人覺得無趣，想請碟仙回去。不料，碟仙不肯離開，搞了老半天，碟仙在道具紙上，飛快地點著字，告訴她們三個：

我——很——孤——單——，誰——願——意——跟——我——走——。

她們三個嚇呆了，沒人願意跟碟仙去啊。

就這樣，耗到了將近三點左右，她們還是無法擺脫碟仙。

最後，其中一個女生，姑且稱她甲女，不耐煩的放開手，一把推翻掉道具紙和碟子，說她累了，不想玩，要回去啦！

乙、丙二女，又驚又怕的說，這樣得罪碟仙，不好哩。甲女不管兩人勸阻，推開門，逕自離開。

乙、丙兩個女生，只好收起道具，收到一半，門突然被用力推開，『碰！』一聲，兩人嚇一跳，魂差一點嚇掉了！

是甲女，乙和丙問她話，她都不回答，低垂著頭，一語不發的重新攤開碟仙的道具紙，乙和丙面面相覷，真的很不想再繼續。

甲女卻伸出食指，向兩人分別各一點，乙和丙雖然腦中殘留著怪異感覺，又很累，卻不得不跟著繼續玩下去。

因為她們三個選的日子，是週六午夜，再加上禮拜一那天，沒有人到這間教室上課，所以她們究竟玩了多久，沒人知道。

在第四天，也就是週二下午，因為有課，同學們到了這間教室，才發現……。

四方桌上，還殘留著碟仙的道具，她們三具屍體，成怪異的三叉角形，圍住四方桌，往外仰倒，躺在冰冷的地上。

她們三個人的臉孔，不知道被什麼利刃劃開，皮開肉綻，慘不忍睹，已經無法辨認誰是誰了。

校方報警後，經過警察和驗屍官的檢查，死者們頭部曾受創，但不至於死。完全找不出她三人的死因，也找不到凶器，屍體發還給家屬，報告書上說是心臟麻痺致死。

一口氣說到這裡，陳月美才喘著大氣，拿起水壺，喝口水。

兩眼迷離，腮邊還掛著淚痕的王佳珍，忘形的張著口。

另一旁的王敏惠，輕吸口氣，問道：

「那是多久前的事啊？」

「嗯，聽說是很久了，至少有幾十年以上了吧。」

「她們在哪玩碟仙？」王佳珍抹一下眼睛。

「妳呀，真是孤陋寡聞！」陳月美聳聳肩：「妳沒聽說過，最末棟教室，三樓角落，那間理工科教室，不許同學們靠近？」

王敏惠點著頭：

「有有，我聽說到了晚上，有同學看到三樓教室門前，有黑影飄過。」

「妳想，白天大家都很少到三樓角落，何況是晚上。況且那時候大家都放學了。」

「咦，奇怪的是，妳怎那麼清楚這鬼故事的細節？」王敏惠不死心又問。

陳月美又習慣性地聳聳肩：

「我也是聽前任學姊說的。這個事件悄悄的一代傳一代，是真實的鬼故事喲，但是校方卻極力否認這個傳說。」

◆

傍晚放學時，大夥像鳥雀般，聒噪快活的飛出校門口。

陳月美等在校門，看到王敏惠，快步迎上前，訝異的望望她身後：

「咦?佳珍呢?」

王敏惠轉身看一眼,又左右看看:

「我以為她跟妳一起啊?要不要去找她?」

陳月美想了想,說:

「會不會去廁所了?還是等等看吧。」

「我看她心情很差。」王敏惠說。

陳月美點頭,嘆了口氣:

「我知道,遇到這種事,當然心情會很糟糕,所以我就想說個鬼故事給她聽,讓她轉換一下心情。」

「唉呀!我覺得妳該說些笑話,鬼故事怎麼轉換心情呀?」王敏惠搖頭。

「妳會說笑話,為何不早講?」陳月美瞪她一眼。

將近六點,天色已經昏暗下來,還沒見到王佳珍出來,兩人不免懷疑起來,她是否回去了?

王敏惠拿出手機,撥出王佳珍的手機號碼,好一會,接通了:

「佳珍,妳回去了嗎?」

「沒有。」

「不然呢,妳在哪裡?我和陳月美等妳等得很久耶。」

「妳們……可以來我這裡嗎？」

「妳在哪啊？」

陳月美看著王敏惠，後者忽然大聲驚呼道：

「什、什麼……？哇呀！這、這個……。」說到此，王敏惠轉望陳月美。

「怎樣？她在哪裡？」陳月美忙問道。

「最後一棟教室。三樓，理科教室隔壁。」王敏惠皺起眉頭：「唉，這個……我不知道，我問問月美。」

按掉按鍵，王敏惠轉問月美：

「妳剛聽到了，她在理科教室旁，問我們去不去？」

「她為、為什麼……在那裡？」

「我哪知呀？她說我們去了，她會告訴我們。」

畢竟是好友嘛，加上王佳珍的心情很差，猶豫了好久，陳月美終於點頭，兩人很快趕到最末棟教室。

走到教室前的花圃，想起那段傳說，王敏惠不禁抬頭往上望……。

呃！

在將近黯淡的天色下，三樓的角落，亦即是理科教室前，果然！

呃！果然有一顆頭，探出圍牆外，頭是垂下來往下看，可是垂下來的兩邊髮絲，遮掩住臉，看不真切。

王敏惠心裡『咚！』地猛跳一下，急忙趕前一步，她發冷的手，拉住本已跨進走廊的陳月美的背後衣角，陳月美轉回頭，問：

「幹嘛？」

王敏惠臉色發白，手指著上面：

「妳、妳沒看到？上面有……有一顆人頭。」

聞言，陳月美退出走廊外的花圃，抬頭往上看。王敏惠跟著退到花圃處，卻不敢抬頭往上看。

陳月美仰頭看著，身軀一會挪左一會挪右，卻都沒出聲，王敏惠心裡有些焦急的問：

「怎樣？看到了嗎？有沒有看出來，那張臉……？」

「唉唷！妳幹嘛啦？哪有什麼頭？」

「唔？是嗎？」王敏惠縮著脖子向上看，筆直的圍牆線上，空空的。

陳月美跳進騎樓，輕快地爬上樓梯，笑道：

「哈哈……我說的鬼故事嚇到妳啦？」

「可是，我剛才明明看到一顆頭往下垂看著……。」王敏惠追上去。

「嗯！就算有人往下看，難道不會是佳珍嗎？齁！妳這人，還真笨哪！」

也有可能，心情一放鬆，王敏惠腳步頓時輕快起來。

◆

三樓樓梯盡處往右走，只有三間教室。第一間是教師的儲藏室，第二間是實驗室，第三間就是理工教室。

教室門口都上了重鎖，可以看出來鎖很老舊了，平常很少人來到這裡，現在又值傍晚時分，明明就在學校裡，但卻讓人感到很荒涼寂寥。

王佳珍蹲坐在第一間教室門前，滿臉哀戚悲傷。

陳月美看得出來，她的心情相當低落，那一天的鬼故事，並沒有讓她心情好轉。

王佳珍徐徐立起身，王敏惠心中升上一股訝然……。

「唉呀！妳沒事幹嘛跑到這裡？不怕被訓導主任發現？」陳月美一見面就抱怨。

「嘿，妳剛才有到理工教室那裡嗎？」王敏惠向王佳珍比劃著走廊上的圍牆，問道：「有沒有從牆邊往下看我們？」

王佳珍幽幽看她一眼，輕輕搖頭：

「我一上來，就坐在這裡，想事情……。」

王敏惠倒抽口涼氣，心裡有毛毛的感覺——照這樣說來，剛剛只有她看到那顆人頭囉？連月美也沒看到呀！

「妳是否看到……有人在那邊？」王敏惠不死心，又問。

王佳珍看一眼第三間教室走廊，搖頭：

「我沒注意，不過，這裡只有我一個人。」

「呃！我說敏惠，妳嘛幫幫忙，」陳月美不悅地說：「那邊是死角，哪可能會有誰？不要再鑽牛角尖，問些莫名其妙的問題。」

月美說的有道理，王敏惠不再出聲，但顯然還不死心，她看一眼第一間教室和第三間教室之間，距離頗遠的……。

因為，是儲藏室和理工教室，教室比一班上課的教室寬敞，當然距離就遠了！

「妳到底有什麼事，非得到這裡說不行呀？」陳月美問王佳珍。

「我……。」

「我看，」王敏惠打斷王佳珍的話，說：「我們還是下去說，已經下課了，回家也可以說。」

頓了頓，王佳珍說：

「我覺得在這裡說比較恰當。」

既然她堅持，陳月美便說：

「那，妳說吧。」

「我想請妳們幫我，我要跟我姊姊說話！」

陳月美和王敏惠面面相覷，同時臉色微變。

這時，吹來一陣涼颼颼的寒風，讓人倍覺陰森，王敏惠期艾地脫口而出：

「可是，妳姊姊不是……死了嗎？」

王佳珍倏地泫然欲泣，點著頭：

「我姊發生車禍，昏迷了兩天才拔管。我什麼話都來不及跟她說，我很想跟她說說話……。」

其他兩人無語的沉默著，不知道該說什麼。

「拜託，求求妳們。」

陳月美眨眨眼，一副不解神情：

「我不知道妳怎會突發奇想，這根本就是不可能！」

「對啊！妳怎會想到這種奇怪的事？我們又不是什麼陰陽師或道士之類的。」

「那天月美說到碟仙的事，我才想到，我也許可以用這個方法，跟我姊溝通。」

「這很恐怖，好不好？」王敏惠放低聲音道。

「哪會？那是我姊耶！我姊哪可能會傷害我們！她知道妳們幫我忙，一定會保佑妳們成績變好，身體好。」

王佳珍忽然變得很會說話，連珠炮轟一席話，讓她倆人無話可接。

「這件事，讓我再想想，有辦法的話，我們會幫妳，好嗎？」陳月美說。

王敏惠猛點頭，接口：「所以現在我先下去，先回家再討論。」

「妳們願意幫忙，我一輩子都會感激妳們。」王佳珍近乎感激涕零地：「現在，我們去看一下現場，好嗎？」

「什……什麼現場？」陳月美一怔。

王佳珍伸手，指著第三間理工教室。陳月美猶豫間，王敏惠立刻拒絕道：

「什麼?不好吧，我們都還沒答應。」

「我想，那種地方，靈氣比較旺盛，況且既然來了，就看看。」

說得有理，陳月美點頭，王敏惠就算不太願意，也無法拒絕，就看看而已嘛。

◆

這是秋天時節，天色不若夏季的白晝長。

她們三個人只顧著談話，不覺得天色逐漸黯淡，這時，已經將近七點了，整個走廊及教室，陷入昏暗之中！

陳月美等三個人一塊往前進，王敏惠有些心顫，腳步慢吞吞的。

走廊蠻長，陳月美和王佳珍腳步漸走漸快，變成王敏惠落後許多。

走近了，才發現教室窗口，玻璃破了幾塊，從破玻璃可以看到裡面。

陳月美膽子大，人又豁達，她最喜歡幫助人，這時她是以幫人的心態，所以心裡完全沒有害怕之感。

還有，雖然學姊們流傳著碟仙的鬼話，事實上陳月美也很好奇，從來沒看過的理工教室，是個什麼模樣。

王佳珍則一心一意，希望能見到姊姊，所以她的心情，有些急迫。

陳月美湊近第一個窗口的破玻璃，往內看。王佳珍也找個破玻璃洞，向內張望。

王敏惠看到兩人的動作，加快腳步，趕上前……。

就在這時，突然間後面猛的傳來一聲巨響：『碰！』

三個人心口，嚇一大跳，同時一起轉回頭，陰森黯淡的長走廊，偶而吹拂幾陣涼風，此外看來完全是靜謐無人。

「喂！敏惠，是妳嗎？妳打開門嗎？還是關門？」陳月美揚聲問。

王敏惠轉回頭，手撫住胸口，驚魂未定地：

「嘿！不要亂栽贓，看我站這位置，可能觸摸到教室的門嗎？」

說完，王敏惠腳步加快，趕到第三間教室，跟她倆靠近些，膽子也大些。

「會不會是訓導主任？」王佳珍低聲說。

「不可能，訓導主任的話，早就對我們開罵，趕我們下樓了。」說著，陳月美繼續向前走：「我看不到那張傳說中的方桌哩！」

「不要看了啦！快回家了。」王敏惠說。

「既來之，則安之。安啦！」

說著，陳月美走到最後面的窗口，恰巧，這裡破洞比較大，旁邊還有幾塊玻璃，破洞比較小。

陳月美湊近破窗口，睜大眼。忽然，她叫道：

「啊！看到了！方桌子，果然有一張方桌子……。」

聞言，王佳珍也靠近，找個破玻璃洞望進去，接著，王敏惠也湊近另一個破玻璃洞。

王佳珍看到陰暗的教室內，橫七豎八的課桌椅，東倒西歪，四處散落著實驗器材、金屬棒、木材……角落堆放著紙箱、一捆捆的紙張。

忽然，紙箱移動了一下，她以為自己看錯了，更仔細望去，唔？真的耶，紙箱又移了一下。

接著，紙箱另一邊，緩緩冒起一隻慘白的枯骨手，就因為這隻枯骨手太白了，才會那麼明顯，枯骨手做出推移紙箱的動作。

看了好一會，腳底冒上來一陣寒意，王佳珍這才知道：怕。

從頭到腳都充滿戰慄感，但王佳珍的眼睛，卻無法移開，她緊盯住枯骨手，忽然，發現枯骨手，尾指戴著一隻戒指，戒指上是一顆小小的藍寶石！

藍寶石閃著幽黯、暗藍光芒……。

王敏惠湊近的破玻璃，破洞較小，視線狹窄，只看到裡面一片暗濛濛。

她揉一下眼睛，再繼續探看，只希望能看到陳月美說的方桌子，頓時一抹暗黑橫近王敏惠的眼前，她微驚，臉略退一點，呃！看到了，那、那、那是一顆眼球，眼瞳轉動，滴下黑色血液，對望著王敏惠的眼睛。

滴著黑色血液的眼瞳漆黑，似乎，要把王敏惠吞噬般深不見底。

☗

陽光明媚，還留有夏季的炎熱，好在是秋天早晨，還不至於那麼酷熱。

「我想，既然有方桌，可見學姊流傳的鬼故事，有九分真實。」陳月美用手比劃著：「桌子下面，就是她們……三具屍體橫躺的地方，只不過，不知道是哪三個方位。」

王敏惠三緘其口。

「嘿！那天如果不是妳和王佳珍發出淒厲的叫聲，就不會引來訓導主任，我們也不會被嚇得逃之夭夭。」陳月美繼續抱怨著：「切！有夠倒楣。」

王敏惠還是緘默著，陳月美看她一眼：

「放心啦，不過就一個警告而已，不必擔心。」

她們三個人，都被訓導主任記一支小「警告」。

「我擔心個屁！只是……心情不太好。」

「為什麼？」

「這兩天，常做惡夢。一閉上眼，就看到那隻黑眼瞳，流著黑血，好像要述說什麼事。」

陳月美忽然笑了：

「哈，我倒是夢到方桌下面，三個方位——西、南、北，就是她三具屍體橫躺處。」

「不要再談這些『屍體』、『方位』、『方桌』，拜託！」

「切！膽子真小。妳沒聽過：鬼嚇人，嚇不死人，人嚇人，嚇死人。我呢，都嘛是被妳倆人嚇的。妳呢，自己嚇自己。」

「喂，妳不覺得奇怪嗎？」

「啥事奇怪？」

「昨天，王佳珍請假，今天，如果她又沒來上課，是不是表示，她發生了什麼狀況？」

「狀況啊？應該不會吧。她姊的事，讓她非常傷心，難免想不開。」生性豁達的陳月美說道：「我想，她多休息幾天，或許會好過些。」

「昨天，我原想去她家看看，不過想到她可能不舒服，需要休息，連手機也不敢打給她，也不敢ＬＩＮＥ她，等她到學校再談。」

陳月美深有同感地點頭。

想不到，第一節上課前，王佳珍就到校了，直等到第一節下課了，她連忙找陳月美、王敏惠，三個人一起到偏僻處談話。

「妳沒事吧？」陳月美第一句話就問。

點點頭，王佳珍拿出手機，打開它，按了幾個按鍵，手機出現一張照片，她把照片給她倆人看。

陳月美和王敏惠看一眼，現出詫異表情，陳月美猶豫的問：

「這個是……？」

「我姊！」

王敏惠心口「咚！」一跳，怪不得照片看來很奇怪，一個臉容跟王佳珍有些相仿的女孩，閉上眼，平躺著，雙手合併擱在胸前，手上尾指戴著一顆藍寶石戒指。

陳月美吞口口水，問：「那、那又怎樣？」

「我記得跟妳們說過，我那天……。」

王佳珍把那天，在理工教室內，看到枯骨手的事，詳細的又說了一遍。聽完，陳月美期期艾艾的說：

「所以妳說，妳那天看到的枯手，是妳姊的手……？」

王佳珍用力點頭，臉現興奮神色：

「我知道，我姊有話想跟我說，所以昨天，我請我媽帶我去姊的靈堂，拍下這張照片。」

陳月美和王敏惠對望一眼，臉上是意料之外的表情。

「藍寶石戒指就是證據！之前，我並沒注意到我姊尾指上戴有戒指。現在好了，我可以跟我姊溝通了！拜託，我們再去一趟理工教室，拜託！」

◆

有一句話是這樣說的：為朋友，兩肋插刀！

實在是禁不起王佳珍的一再請求和拜託。

不然陳月美和王敏惠，又何至於必須硬起頭皮，等到晚上，偷偷溜進理工教室？

她們不敢開燈，摸黑一步一小心走向角落的紙箱。忽然，輕微聲響傳來：

——沙……悉……沙……悉……沙……沙。

三個人都吃一驚！

教室外面，些微亮光透進來，靠著微微的黯淡光芒，她們看到，原來是腳踩到紙張，發出的聲響。

「趕快，請妳姊，不，跟妳姊說，」王敏惠低聲向王佳珍耳語：「請她不要嚇我們，我們膽子很小。」

黑暗中，王佳珍點頭。陳月美雖然膽子大一些，可在這黑漆漆的現場，心裡還是很毛。

呼嚕嚕，忽然，身後傳來怪異響聲。陳月美眨眨眼，她當然知道方桌位置就在她們身後，那麼這響聲？

她徐徐轉回頭……嚇！黯淡微光中，三道影子圍著方桌而坐！

這一驚非同小可，陳月美顫慄的雙手，分別拉住王敏惠和王佳珍，兩人一齊回頭，身軀與心口，同時震跳了一下，差點驚喊出聲。

「噓——。」

陳月美示意倆人安靜，悄悄蹲下身，躲在角落，王敏惠則躲入紙箱旁。

黑暗中，看不清楚那三個人的臉和衣服，只看到它們的形態，是女生！

三個一樣都伸出一隻手，放在方桌上，由它們動作的樣子，顯然就像傳說中，在玩碟仙。

陳月美聽到王敏惠因顫抖，使紙箱不斷發出輕微怪聲，陳月美扭頭，拉拉王敏惠，示意她不要發出聲響。

王佳珍則精神高揚，盯緊它三個，企圖找出哪個是她姊姊。

再說這三個人，完全沒有聲音，好像在演默劇般。一會，其中一個站起來，轉身消失在門口，另兩個，則把頭靠近。

陳月美等三個人，耳中聽到：嘰嘰啾啾。其實，這正是鬼聲，亦即是那兩個在對話！

不久，消失的那個人又回來，三個人再次玩起碟仙遊戲……。

突然間，灰暗冷芒一閃！有一道黑影竄入。由黑影身材看來，是個粗壯男人！

陳月美等三個人，心裡大驚，一度誤以為是訓導主任或是校工，但看了好一會，發現，這個男人也不是人！

因為這個粗壯男人，沒有下半身！

它雙手握著一根木棍，腰部以下，萎縮成一細線條。

它悄悄移向三個女生，女生不知覺有人靠近。

男人移近了，其中一個女生忽抬頭，張大口，只見粗壯男人，舉起手中木棍，猛烈揮打它們三個女生頭部，它三個紛紛倒下去。黑影丟了手中木棍，將三個女生，移動位置，變成三個分別各躺一個方向，接著它由口袋中，掏出一支細細的美工刀，然後，它蹲下去……。

不！應該說，它是往下飄下去，因為它根本沒有下半身，更沒有腿。

王佳珍心中狂急萬分，心想，如果那三個女生裡，有一位是她姊姊，那姊姊不就很危險了？

她都還沒跟姊姊溝通，怎能發生危險！

粗壯男人，揚起手中美工刀，朝其中一個女生的臉劃下去……。

王佳珍再也忍不住，狂聲驚呼：

「啊——不要、不要呀——。」

陳月美和王敏惠心口驀地狂震，因為她倆想不到，王佳珍會突然喊出聲來！

就在此時，它往上飄，轉向陳月美等三個人的方向。

也沒看到它的腿，可是它卻一跳一躍，就像具殭屍般跳過來。

陳月美等三個人想逃開，但是蹲著的腿都麻了，加上心中萬分的恐懼，根本無法動彈，只能癱在原地。

它跳到半途，忽然間像顆水球爆破似的，分散在空氣中。

陳月美等三人，一度以為解除危險，但尚未喘口氣，地上躺著的三個女生，竟緩緩爬起來，緩緩轉個頭，再緩緩朝陳月美等三人而來。

不，不能坐以待斃了！

陳月美首先發難，起身朝教室門口跑，王敏惠見狀，也顫抖的起身，歪歪斜斜的往門口跑！

王佳珍戰慄不已地瞪大眼，努力辨識，困難的檢視著它們的手指……。

沒有！雖然它六隻手都是枯骨，卻不見戴有藍寶石戒指。

它們雖然動作遲緩，但不消一會，已將接近王佳珍，王佳珍想逃，其中一個最接近王佳珍的，張大白慘慘的枯骨臂膀，向王佳珍覆蓋下來……。

奔出教室之際，陳月美和王敏惠，同時聽到王佳珍驚恐的高喊救命聲……。

雖然非常害怕，總不能丟下王佳珍呀，陳月美和王敏惠決定去找當值的校工。

◆

陳月美、王敏惠、王佳珍當然免不了校方的重罰，不過處罰已經不重要，只要人平安沒事就好。

校方從她們三個人的敘述中，明白當初那三個女生，不是死於心臟麻痺，它們的臉，是被人劃開的，但是找不到兇手，所以它們只想藉由陳月美等人，申述它們的冤屈而已。

至於那隻戴著藍寶石戒的枯骨手，也是它們故意幻化出來，目的想引誘王佳珍再去理工教室。

之前，理工教室常發生的許多怪事，例如：

有人走在一樓，上面會有人惡作劇，丟下小石子。也有被潑到水，結果一看，竟是血水，跑上去一看，三樓根本就沒有人。

還有，黃昏時有人會看到三樓圍牆邊，常常會出現一顆垂著頭髮的女生頭，但完全看不到它的臉。

　　還有一次，運勢衰到爆的同學，看到那顆人頭，拂開髮絲，現出的臉皮開肉綻，血肉模糊，根本無法辨認，那是張人臉。

　　陳月美的事之後，傳言曾平息一陣，現在是否又繼續發生怪事？這恐怕就要到這間學校校園走一遭去求證了。

噬人的教室

第五章

這是一則真實的恐怖教室事件，傳言每三年就有一個同學會發生不幸。

經過許多年，又多方猜測偵查，至今仍找不出原因。

現在，校方擔心同學再受害，已把教室封鎖起來，廢棄不用了。

◆

這一天早上，王晉源特別早到校，因為今天要段考，他想早點到校讀書。

學校大門進去，越過第一棟建物，是一道不長的走道，右邊是花圃，花圃過去是第二棟教室，再過去，是操場。從操場望過去，是第三棟教室。

第三棟教室三樓，共有五間，王晉源的教室，就在這一棟三樓，第四間教室。

走在空曠的操場上，王晉源看到另一邊，已經有幾位早到的同學在打籃球。

這時的天色還帶著濛濛晨霧，不過王晉源的視力算還好，除了看不清楚同學的臉容，還有他們的身形輪廓是模糊的之外。他們的動作：運球、搶球、投籃，還能看得到。

他不經意地抬頭，看一下三樓第四間教室，那是他的教室！

忽然，王晉源讓一個奇怪的人影給吸緊雙睛，他的腳步停頓住。

一道人影，從窗口爬出來……。

他的視力算還好，但是因為太遠了，這道影子很模糊，使他看不清楚，他是哪位同學？是男抑是女生？

只見這位同學，動作不疾不徐，站在教室外邊緣，然後他往下輕輕一跳，從三樓跳了幾跳就跳到二樓、一樓。

這……這也太神了吧！

王晉源不可置信的瞠目結舌，然後這人影一跳一跳的，往操場打籃球的同學們跳去。

跳到一半，這個人影開始有了變化。

他從腳、雙腿、下半身、上半身……，每跳一跳，就一截一截的消失，還沒到打籃球的同學的地方，他已經整個消失不見。

不知怔愣了多久，王晉源才醒過來，他咂一下嘴，吞口口水，四下望望都沒人，只有他一個。那麼剛才的現象，就是只有他一個人看見了？

不！那些打籃球的同學們呢？

王晉源往操場跑，跑近他們，才發現原來他們班上的黃德生也參與打球，其他幾位是別班，也有高年級的同學，王晉源都不認識。

「嗨！晉源，想加入嗎？」黃德生抹一下額頭的汗汁。

「我問你，剛才你有沒有看到一個人，跳到這裡？」王晉源急急問道。

「你在說什麼？跳？跳到這裡來打球？」黃德生笑了：「我只看到你跑過來。」

「唉唷，不是啦，我是說……。」王晉源比手畫腳的形容著剛才所見。

聽完，打球的同學們都笑起來，大夥你一言他一句，都說哪可能有人，可以由三樓窗戶外跳到一樓來。

王晉源灰頭土臉的往回走，爬上三樓教室。

這排教室，規格都一樣，窗戶比一般的狹窄，所以每間教室，都有五個窗戶，他走到第四、第五個窗戶巡視著。

依他方才所見，那個人影，應該是由第四，還是第五個窗戶爬出來？

第四個窗戶是關著，第五個窗戶開了一半，難道是第五個窗戶嗎？

靠窗口的一排座位都是空的，同學們都還沒來。

這時，一位座位在窗邊的同學——蔡俊義走進教室，見狀，跟著王晉源探頭看窗外，王晉源看他一眼。

「嘿！早呀！」蔡俊義說著。

「你現在才來？」

蔡俊義點頭：

「我沒有你那麼用功。現在來還很早哩。」

所以他不知道剛才有人，從窗戶爬出去囉？王晉源點點頭，無言的回自己座位。

第五章

噬人的教室

早上段考罷，下午第一節課，導師——王富村領著一位同學進教室。

原本吵雜的同學們，頓時安靜了下來。

「各位同學，這位是新轉來的同學，她姓唐，單名叫韻。」

王富村簡單介紹一下新同學的來歷，環視一眼，讓她坐到蔡俊義隔壁兩排，最後一個座位。

而唐韻的前面，就是黃德生的座位。

唐韻同學長得蠻正，向大家頷首時，看一眼王晉源，王晉源回望她一個眼神時，忽然升起……。

他說不出是什麼感覺，就是有一股特異感。

下課後，同學們交頭接耳，王晉源走到窗口邊，繼續他早上的問題巡視。

「嗨！你到底在看什麼？」蔡俊義終於忍不住了。

王晉源不發一語，雙眼依然盯視著教室最後一個窗口的窗外。

「哈！這裡有黃金？還是考試題目？你也說一聲，好處大家共享，才是好同學。」

說著，蔡俊義從第四個窗口，探頭望向王晉源，學他摸著窗戶上的玻璃。

頭伸出在第五個窗口外的王晉源，仔細看了好一會，扭向右，望著蔡俊義，問道：

「喂！你說，有沒有人可以從這個窗戶，爬出去跳下去……。」

「自殺呀？跳下去，肯定沒命了啦！」

王晉源猛力搖頭，比劃著：

「不！跳下去後，一跳一跳，跳到一樓，然後再……。」

「然後，再怎樣？」

「再繼續跳，」王晉源伸手，比向前面的操場：「跳向前面操場。」

看罷王晉源手勢，蔡俊義收回眼，向王晉源笑了：

「哈哈哈！你在說超人嗎？超人也許可能一跳，跳下去，還能繼續跳往操場。」

「我說真的，不是在開玩笑！」

蔡俊義聳聳肩：「我也不是開玩笑唷。」

說完，他縮回頭，忽然驚訝出聲。王晉源聽到了，也縮回頭，比蔡俊義更大聲的叫出聲；

「呃呀！」

新同學唐韻，直挺挺的站在王晉源後面，雙睛射出異樣光芒，一閃而沒。

「妳、妳嚇我一跳！」

「連我都被嚇到了！」蔡俊義接口說。

唐韻淡笑，溫婉的說：

「對不起。我不是故意的。」

嚇！連聲音都這麼清脆，王晉源、蔡俊義交換會心的一眼。

「你們在看什麼？」

唐韻問著，水汪汪大眼，看一眼王晉源，想擠身到窗口，王晉源連忙閃身，說了一句：「沒有」。很快回自己座位。

唐韻還是探頭往窗外看一眼，轉向蔡俊義，又問道：

「你們在看什麼？」

「我也不知道。」蔡俊義道。

「呀！我知道了，窗口外面有美眉。」唐韻露齒而笑。

「哪裡？我沒看到喔。」蔡俊義做作的晃頭，看一眼窗外，回臉盯住她鮮紅小嘴，接口：「倒是看到我們教室，有一位大美眉哩。」

女生都喜歡被人稱讚，唐韻抿嘴笑著，更婉約動人了。

蔡俊義看得心都怦然躍動不已。

◆

段考過後的一個禮拜，導師王富村忽然向同學們提出幾條重要規定：

第一、下課、打掃完後，不要留在教室，趕快回去。

第二、上學途中，或下課路上，千萬要小心車子，提高警覺。

第三、同學們，不管遇到什麼事情，千萬不要擱在心裡，一定要跟老師講，老師會盡力幫忙。

聽罷王富村這番話，同學們都很不解，這是新學校的第一學期，剛進這間學校，並沒聽到什麼，過不到一個月，王富村竟然跟同學們交待這麼個事項，因此同學們私底下都議論紛紛。

有些多事的同學，跑去找隔壁班的同學，問他們是否有這個規定？

結果，其他班的同學們，都說沒有聽過這樣的規定。

一天午休時間，幾位同學圍成一圈，低聲說著話，接著圍住的人愈來愈多。

王晉源好奇的擠進圈圈，原來中心點是黃德生。

「真的嗎？真有這種事嗎？」有同學這樣問著。

「當然，這是三年級學長，親口跟我說的！」黃德生說。

「說什麼？」這時，蔡俊義擠進來，大聲問道。

另一位女同學說：

「唉唷！好恐怖！我不想聽了。」說罷，女同學擠出圈圈外。

黃德生看她一眼，搖搖頭，不語。

「嘿！再說一遍啦。」王晉源也起鬨說：「很多人都沒聽到哩。」

「對呀，對呀！再說一遍。」另一位擠進來的同學，接口。

「嗯！」黃德生說道：「好吧，這件事是三年級一位同學跟我講的。」

原來，這位同學兩年前剛進學校，是一年級生，被分發到這間教室，那時班上流傳一段傳說：

校內第四間教室的同學們，每三年就會有一位同學出事，例如：溺水、車禍、意外……等等。

老師曾向同學們交代說，上下學途中要小心車子；放假出外玩，要小心安全；夏天戲水，更要小心……。

那時候，同學們哪會放在心上？

班上一位同學跟這位三年級生說，他哥哥是前一屆的學長，曾就讀這間學校、曾在第四間教室上課，曾遇到……。

他們班上的老師，就一再交代過這些注意事項。

有一天，中午時候，班上同學們在用餐，忽然，整間教室莫名其妙的灰暗下來，就像下暴雨前的暗黑烏雲，突然籠蓋住整個天空般，整間教室倏然變得黑漆漆。

一位同學起身去開燈，詎料，天花板上的燈光，明明滅滅了好一陣子。然後，像壞掉了似的，整個滅掉，教室重又陷入一片暗黑。

雖然這樣，教室內還是有微弱的光線，同學們你看我，我看你，全都愣在座位上。

這時，班上一位同學，名叫陳大慶，他從教室外，幽惚惚地出現……。

原本還有同學在低聲說話，這會全都一片安靜，數十位同學、近百顆眼睛，都看著他。

以下，是同學們各個看到，綜合起來的內容。

他臉色鐵青，雙眼暴凸，沒有腿，用飄的飄到講臺上，望著同學們。

座位在後面的膽大的同學，憋不住，怒道：

「陳大慶！你幹嘛？想嚇我們呀？」

另一位也出聲應和：

「陳大慶，不要裝神弄鬼……。」

才說到「鬼」字，陳大慶突然間，七孔流血哀嚎著，他發出的聲音，還帶著雙聲帶卻恍如雷響，說：

「它啦！是它害死我，是它啦，它拖我來……是它，它要我跟它交替啦。」

◆

所有的同學，當場被嚇得屁滾尿流，動作快的，急忙躲入課桌下；膽子小的，嚇得坐不住，跌得四腳朝天；更有幾位女生，雙手掩面，哭泣不止……。

坐在後座膽子大的同學，抓起一把椅子，忽然衝向講臺把椅子丟向陳大慶，陳大慶突然間整個人蒸發掉，就像一件物品，四下分散在空氣中消失。

緊接著，教室頓時大放光明。

老師被驚動了，趕來教室安撫同學們。女生哭成一團、男生七嘴八舌的向老師敘說著，剛剛所見的狀況。

老師起先還半信半疑，但全班幾十位同學所見，會是假的嗎？

直到下午，放學前一堂課，老師才接獲陳大慶家人的通知。

原來這一天早上，陳大慶很早出門，在清晨的上學途中，被車子撞成重傷，送到醫院前，已經斷氣了。

早上他家人趕到醫院去處理事情，還沒通知學校，學校並不知情。

黃德生說完，同學們有的咋舌；有的齜牙咧嘴；有的做出恐怖表情。

「可是奇怪了，他死了幹嘛又來學校？這個說不通。」

「他還想來上課呀！」有人說。

「他不是說，誰拖他來？」另一個說。

黃德生看著這兩位同學，徐徐說：

「我聽三年級學長說，其實早在很久以前，學校就傳言，說學校的教室，會吃人！」

「啊？真有這種事？」一位女生說著，抬頭看一眼教室天花板。

「所以教室內有什麼東西，會牽引同學發生事情，還會牽引同學的亡魂，到學校來？」王晉源不高不低的說著，他想起段考那天的清晨，在操場所看到的……。

「啊！」蔡俊義突然大喊一聲，大家都被嚇了一大跳，紛紛轉望著他。

只聽蔡俊義向王晉源，接口說：

「有一天，你在窗口一直看一直看，到底是看什麼？難道你看到了什麼？」

一時，大夥焦點全放在王晉源身上，王晉源有點結巴地：

「我……我也說不上來，那個究竟是什麼……？」

「你既然不知道是什麼，就不要亂講。」唐韻突然插口：「想嚇我們嗎？小心我去告老師。」

沒人出聲，靜默使大家心口彷彿被壓了一塊巨石，沉重無比。

蔡俊義突然冒出口：

「黃德生，你再說一次這個傳說。」

「嗯，傳說——校內第四間教室的同學們，每三年就會有一位同學會出事。」

「所以，這個傳說，指的是我們這個第四間教室？」

蔡俊義此話一出，同學們又開始議論紛紛……。

「沒有，傳說並沒有說是哪棟哪樓。」黃德生忙說。

「可是，老師不是一再交代我們許多奇怪的規定？」

「對呀！那就有可能是我們班的這間教室……。」蔡俊義點著頭說。

聽到這話，同學們都安靜下來……其中一位同學，扳起手指頭：

「三年級同學的哥哥，那就是四年前發生的事件，一、二、三……，喂！到了我們這年，不就是又到了傳說中的第三年了？」

大夥們一時都面面相覷。

「碰！」一聲，教室門被人用力打開，王富村老師雷般響聲忽響起：

「同學們，上課了！」

嚇！大家差一點沒被嚇死，同時狂喊一聲，紛紛做鳥獸散。

原來同學們太入神了，上課鈴都沒聽到，這次真的被老師嚇到了！

◆

鬼故事人人愛聽，可是不見得人人會信。

雖然，有教室噬人的傳言，可是聽過後過了幾天，有些同學就忘記了。

平常日子還是一樣過，上課下課、讀書、玩耍、吵鬧。

王晉源和蔡俊義輪到打掃操場邊的樹下，快打掃完時，蔡俊義忽然喊住王晉源，兩人看到唐韻，站在不遠的地方，抬頭定定地望著樓上的教室……。

兩人跟著抬頭往上看，看了老半天，蔡俊義正準備放棄不想再看，王晉源忽然大「啊！」一聲。

「什麼？在看什麼？」蔡俊義湊近王晉源，說。

這時正是下午四點，王晉源伸出顫抖的手，指著樓上第四間教室：

「你看，怎麼會這樣？」

「什麼？到底是什麼？」

「教室怎麼會多出一個……窗口？」

蔡俊義仔細看，果然！

平常的教室，有五個窗戶，現在居然多出了個特別小的窗戶，這個小窗戶，只有那五個窗戶的三分之一大！

這時天色向晚了，操場颳起幾陣涼颼颼的秋風，操場邊的樹葉，發出窸窸窣窣怪聲，更平添幾分蕭索。

「去！趕快去告訴老師！」蔡俊義扭頭，說。

王晉源拉住他，示意他看上面……這時有一道黑色人影，忽然慢騰騰的，移近第六個窗戶，然後立定在窗戶邊不動了！

黑色的人影，看不出是誰，不過它的頭髮很特別，整個歪撇向一邊，髮絲末端，有一滴滴的東西，往下滴。

倆。

「走啦！趕快去告訴王老師。」蔡俊義的聲音，有濃濃的顫音，彷彿帶著哭聲。

王晉源點頭，跟著他轉身就往導師辦公室跑，跑不到幾步，唐韻忽然喊住他倆。

唐韻雙眼射出特異光芒，問他倆去哪？

「妳、妳、不也看到了？樓上、樓上的教室，多、多、多出一、一個……」王晉源忽然結結巴巴的說不清楚話。

沒等他說完，唐韻淡然的向上指著：「教室嗎？什麼都沒有呀！」

王晉源和蔡俊義再次抬頭，往上看……嚇！教室只有五個窗戶而已，剛剛那第六個窗戶已消失不見！

王晉源和蔡俊義左看右看，就是只有五個窗戶，倆人急忙奔向三樓第四間教室，還是只有五個窗戶！

太詭異了！

兩人摸摸鼻子，無語，揹起書包。回家路上，兩人討論著這件詭異事件，都說照黑色人影看來，應該是男生，可是同學們中，又沒有這樣的髮型哩！

還有，唐韻的行為，也透著濃濃的神祕感，兩人還是無法猜出她到底是什麼意圖。

因為她才引起倆人看教室，可是她卻又阻斷倆人去找老師，她到底是什麼意思呀？

之後隨時監視教室，成了王晉源和蔡俊義最重要的課業，兩人不只看教室內部，也常跑操場，由外面觀察教室。

當然，王晉源也把段考那一天所見，詳細的說給蔡俊義聽。

結果兩人發現，每過了下午四點，教室的窗戶會多出一個來，但出現的時候不定，時間也長短不定。

這個發現，令兩人如獲至寶！

◆

王富村顯得有些不安，也有些焦躁。

王晉源和蔡俊義陪在他兩側，兩人沒有害怕或驚懼，倒有些沾沾自喜，認為這個發現，是大功一件！

「嗨！你兩人，不好好讀書，叫老師來這裡，跟著你倆罰站呀？」王富村口氣很不悅。

王晉源看看手錶：「老師你別急，就快到時間了。」

「要是你兩人胡說八道呢？」王富村臉色嚴冷的：「我先說囉，大過一支。」

「老師！你很……。」

一直抬頭，仰望得脖子都發痠了的蔡俊義，忽然喊道：

第五章

噬人的教室

「啊！老師！看！快看！它、它出現了！」

王富村仰首望向教室，呃！就跟上回，王晉源和蔡俊義看到的一樣，先出現了第六個窗戶，接著出現了一個黑色人影，它的頭髮跟之前看到的一樣，就整個歪撇向一邊，髮絲末端有一滴滴的東西，往下滴。

這樣持續了約五分鐘，然後窗戶人影，徐徐淡化消失。

別說兩位學生，就連王老師都看得目瞪口呆，臉色鐵青。這時在第五個窗戶窗口，出現一個人，是唐韻！

不！它雖然很像唐韻，但它絕不是唐韻！

它至少高出唐韻一顆頭，它臉容詭譎，長長的頭髮，分披向兩邊，兩邊頭頂各冒出一支小小的白色的犄角，嘴角噙著冷冷笑意，閃著綠光的一對眼睛，死死盯住王富村等三人。

喘著大口的氣，王富村下巴震顫的抖著：

「你、你、你！哪個同學？下來！給我下來！哼！裝神弄鬼，嚇唬誰？」

它噙著的冷冷笑意，化成了咧嘴嘲笑，露出白森森牙齒，似乎就要把人給一口吞噬掉。

「喂！同學！給我下來！」王富村大聲喊叫。

可是窗口這人，往後退回教室裡，不見了！

王富村和王晉源、蔡俊義，火速奔進去，登上三樓教室。幾位打掃完的同學，正背起書包準備回家，王富村叫來同學們，一個個問：方才，是誰站在教室後面窗口邊？

同學們都茫然搖頭，還相互作證，說絕沒有人到教室後面，總之王富村問不出個什麼，他又到窗口邊詳細檢視一番，還是沒檢查出什麼，只好作罷。

他交代這幾位同學，趕快回去，路上要小心。送走同學後，王富村關上教室門，上了鎖。

王晉源和蔡俊義跟著王富村走下樓時，王富村特別跟他兩人說了一段話：

「我們剛剛所看到的，也許是太陽反光照射。也有可能是眼花，你們想，由操場看向三樓，距離多遠？尤其是……呵呵，現在是秋天，天色暗得快。你兩個記住了，不要告訴任何人，以免引起同學不必要的恐慌。」

「老師，我們該怎麼辦？」

「嗯，這事我會跟教務主任、校長商量，你們還是照平常一樣上課。」

「可是，我會害怕呢！」王晉源故意說。

「有什麼好怕呢？不過就是個幻象吧，有事趕快跟老師報告。」王富村拍拍他的肩膀：「別放在心上。對了，回家時小心一點。」

唐韻突然轉學了！

沒人知道原因，也找不到她本人可以詢問。

這期間，王富村老師向學校反應，就是無法解開教室怎麼會多出個窗戶，校方還派人監視了一段時間，可怪的是，這時的窗戶，完全是正常的！

所以，這件事，就這樣不了了之。

第二次段考就快到了，這天同學們上課時，王富村準備加強課業，他發現有個空位，伸手指著空位，問道：

「那個座位是誰的？怎麼沒來上課？」

「老師，那是黃德生。」同學們轉頭看一眼座位，說。

「他不知道快要段考了嗎？有誰知道他沒來上課的原因呀？」

大家都搖頭，因為他昨天還有來學校，哪知道他今天突然沒來上課。

這時，學校忽然廣播王富村老師，趕快到教務處。

王富村讓同學們自習，匆匆踏出教室門外。老師一走，大家頓鬆懈，嘰嘰喳喳的閒聊起來，誰還管什麼段考不段考的？

王晉源跑到教室後的窗邊，不住探頭看外面，還看裡面窗框，比劃著窗口長度。

蔡俊義的座位就在旁邊，他站起身跟王晉源一塊探向窗外。

「嘿，奇怪了，你記不記得我們看到第六個窗戶時，唐韻也看到了？」王晉源眼望窗框，說。

「嗯，然後呢？她都轉學了。」

「所以，我感到很奇怪。我記得那天，就是因為她，才讓我們發現教室的祕密。」

「是我發現她的，ＯＫ？我看到她形跡詭異才喊你，這才發現……。」

「好啦！隨便啦！我只是覺得她很可疑。因為她，我們才發現教室的祕密，但現在，老師在追查這件事，她卻突然轉學了，這件事我很懷疑是否跟她有關？」

蔡俊義現出驚詫表情，雙睛突睜的：

「不會吧！希望不是！她那麼漂亮，跟這詭異的事件會有關係？那她不就是可怕的……？」

王晉源不語，平淡的反望住蔡俊義。

正在這時候，吵鬧不休的教室，突然間安靜了下來，王富村匆匆奔進教室，臉色難看的說：

「同學們！安靜！班長，你管理好秩序。」

同學們正莫名其妙之際，王富村喊住正匆忙欲回自己座位的王晉源，說道：

「你，王晉源，還有蔡俊義，來！跟老師一起來。」

王晉源、蔡俊義點頭，跟著王富村，腳步迅疾的踏出教室，留下一大疑團給其他同學們！

王晉源很想問老師，到底是什麼事。但看到王富村煞白又冷肅的臉，硬是吞回話。

跟著王富村搭上計程車，走沒多遠，車子到一處海岸邊，那裡聚集了一群人。

撥開人群，王晉源看到岸上成堆的海中垃圾，岸邊泊著一條破船，而人群圍住的地上，躺著一具冰冷屍體——他，是班上同學，黃德生！

他被海中的油漬，沾染得渾身烏黑，頭上短髮整個歪撇向一邊，髮絲末端，有一滴滴的東西，不知是海水還是油漬，往下滴。

海邊的秋風，強勁而淒冷，一陣又一陣，陣陣吹拂著人、也吹拂著人心，讓王晉源、蔡俊義和王富村，整顆心異常哀戚！

細思極恐的校園鬼話

第六章

宿舍有鬼

許多學生，都有住過學生宿舍的經驗，尤其是剛進學校的一年級生，學校為了照顧新進學生，有的會硬性規定，必須住校。

程茉莉剛升上大一時，按照規定，必須入住女生宿舍，跟程茉莉同一間宿舍的另外三個，同是一年級，但不同系的女生——林芳華、邱碧蓮、黃素艷。

南部這間高學府，校地相當廣闊。程茉莉家住北部，搭車到南部學校，又到女生宿舍報到時，已經是下午三點多，將近四點了。

宿舍門進去，兩邊各有兩床上下鋪，正中靠牆，有四張書桌，書桌上方，有個大窗戶，窗戶特別大，無論是空氣、光線，都很好。

其他三床都還是空的，這表示其他三位同房的同學，都還沒到。

程茉莉的行李很簡單，整理好放進床邊的小櫃子，再擦床鋪、書桌，整理書籍。她一面整理一面從大窗口，放眼觀望出去，只感到窗外景色雅致優美，兩旁一排榆樹，被風吹得枝葉搖晃，遠處還有幾棵高挺的大王椰，大王椰再過去，是什麼？視線無法到達，所以不知道。

好像是座什麼池吧，她剛聽舍監介紹過，但沒聽清楚，反正以後有的是時間，可以慢慢了解。

忙碌著的不覺間，天色已經轉為灰暗。

她伸手打開書桌上的桌燈，只覺得這一切太美好了，也許是新環境，而且她北部住家附近，都是高樓水泥叢林，難得看到寬闊的平地，又是泥巴路又是樹木、綠葉……等等景觀。

暗灰色的窗外，樹葉沐在一片夕陽西下的黯淡金黃色中，被風吹拂的輕輕搖擺，簡直是美呆了！

「哎……。」忽然一聲拖著尾音，長長的嘆息聲，鑽進程茉莉耳中。

眨眨眼，她不確定這聲音響自哪裡，窗外？還是後面？

偏著頭，程茉莉搜尋窗外一遍，沒有！她轉回頭，看看室內。

室內當然不會有人，她記得清清楚楚，只有她一人先報到呀！

不！不對！宿舍門，是打開著的，難道是自己方才進門時，忘了關上？

唔！也有可能！

剛到陌生環境，做事難免會失誤。想到此，程茉莉起身走向宿舍門，卻發現地上有一灘灘的水漬。

這個應該不是她剛到新環境，做事失誤的吧？

但一回想，她不是去提水，進來擦床鋪、擦桌子，也許是提水時，不小心把水濺到地上了。

轉回身，程茉莉準備拿剛剛的抹布，想擦地上水漬。

走到一半，耳裡又鑽入一聲長長嘆息聲，而且這次聽得更清晰了！

她尋聲，轉頭，看看上、下床鋪……嚇！

她的床鋪在右邊下鋪，左邊的上鋪，赫然有個躺著的身影！

「咦？同學，妳是哪位？什麼時候進來的？」

程茉莉很高興有人作伴，可是躺著的身影，對於她說的話，完全無動於衷，她以為她睡著了。

程茉莉踮起腳後跟，伸出食指戳這位同學的手臂，說：

「嗨！同學，妳是哪位呀？」

怪的是，她伸出的食指，宛如戳在空氣中，並沒有碰到她。

程茉莉看看自己手指頭，並沒有短一截，她又看著床鋪，這位同學睡著的身軀，在床鋪邊手臂則伸直，平放在身軀兩側，也就是在床鋪的邊緣，沒理由戳不到她手臂！

這時候天色已經暗沉了，室內沒有開燈，只有右邊書桌上亮著一盞桌燈，桌燈的光線有限，照不到床上鋪的人，因此程茉莉根本看不到床上那人的全貌。

眨著眼，程茉莉又開口喊了一次，她依舊沒有任何反應。

嗯？如果睡著了，會睡得那麼沉嗎？

床尾有小梯子，方便上下床，程茉莉撇一下嘴角，轉身，走向靠近門邊的床尾，攀爬上去。

爬到第四階，就可以看到睡在床上的人，而這個人面朝裡，似乎真的睡得很沉，竟然沒注意到有人爬上梯子呢！

於是，程茉莉伸出手，正要搖晃她的腿時，驀地發現，怎麼整張床都是水啊！再一細看，她身軀周遭，環了一圈水，就好像她剛從水中撈上來似的，渾身濕漉漉。

「這……怎回事呀？」

程茉莉皺緊眉心說，忽然床上的人動了，然後仰起身，程茉莉投眼望去，心口突然「砰！」地一跳。

長長的頭髮覆蓋住她的臉，但因為頭髮濕漉漉，糾結成條狀塊，條狀空隙間，依稀可以看到她的臉顏，但非常模糊。

「同……同學！妳……妳是哪位？請……請妳不要嚇人！」程茉莉壯起膽，小聲說。忽然，她用手甩開頭上頭髮，被甩開的頭髮，還滴、滴、滴……的滴著水珠，程茉莉被幾滴水珠滴到臉。

緊接著程茉莉看到她的臉……嚇！這哪稱得上人臉？而且看不出來是男是女。

只見它臉皮，許多大小片，片片都是翻開，露出白色的臉骨、紅色的血管、暗灰色的血液、綠色膿汁、黃色眼白……，眼窩是兩個大窟窿，黑魆魆的眼窩中，十幾條白胖胖的蛆蛆，爭先恐後的鑽進鑽出。

它下巴，因為臉皮翻開，露出鮮紅色牙齦，白慘慘的牙齒，看起來就要噬人血肉般。

還有，它臉上，不知是水還是汁液，就是有各種顏色的膿稠汁液，滴、滴、滴，不斷往下流淌著……。

「啊——啊啊啊——。」

重度驚嚇的大聲吼叫著，程茉莉遽然醒了過來……。

她冒著冷汗，看到自己竟然趴睡在書桌上，心口還劇烈跳動不已，她抹一下額頭，全是汗水，呃！不！汗水應該是白色的，她發現這汗水，滲著淡綠顏色。

「天啊！我……我怎麼會睡著了？還睡在桌上？我這麼累嗎？」

發出的聲音，讓程茉莉可以肯定自己的存在，而剛剛……剛剛……是夢吧！夢境的話，也太真切，真切得駭人喔！

天色完全暗黑下來，窗外拂來幾陣涼冷的風，使她忍不住打個寒顫！

她起身、轉頭，宿舍內，黑漆漆的……，夢境裡的懼意襲來，她不敢看左邊上床鋪，迅速的按亮室內天花板上的燈，眼角偷瞄，看清楚上面床鋪上是空的，她才鬆了口大氣。

但她看不到，床鋪上一圈人形的淡淡水漬！

第六章

宿舍有鬼

開學後，整個校園都生氣盎然。

跟程茉莉同寢室的同學們，也都到了，整間寢室頓時熱鬧起來。

只是開學不到一週，就有狀況。

宿舍門進去，右邊上鋪是黃素艷，下鋪是程茉莉。左邊上鋪是林芳華，下鋪是邱碧蓮。

大家正要上床睡覺時，左邊上鋪的林芳華忽然大叫起來：

「哇呀！這怎回事呀？」

黃素艷不在室內，在桌前看書的程茉莉和邱碧蓮雙雙回頭，問道：

「怎麼了？」

「妳們來看！我的床鋪，怎麼都是水漬？」

程茉莉和邱碧蓮都走過來，爬上床尾的小梯子，果然看到床鋪上，有一圈人形狀的溼漉漉的水漬。

程茉莉看一眼床上水漬，連忙很快下來，這使她想起，第一天到宿舍時，夢境所見。

但是，她不敢說出來！

林芳華問到底是誰上過她的床鋪，程茉莉和邱碧蓮信誓旦旦，絕沒有人上過她的床鋪。

其實大家都不是小孩子，想也知道不會有人故意惡作劇。

但，這不可思議的水漬，是怎麼來的？

林芳華仔細檢查天花板和牆壁，甚至拉起床墊檢視木板床，完全找不出有關水的蛛絲馬跡。

「嘿！碧蓮，妳下鋪呢？有沒有水漬？」林芳華問。

睡她下鋪的邱碧蓮，連忙到自己床鋪檢查。

「沒有呀！」

林芳華雙手交叉在胸前，偏著頭想了一會，說：

「其實，我第一天上床睡覺時，就感到有點奇怪！」

程茉莉一直沉默著，邱碧蓮茫然問道：

「怎樣？什麼東西奇怪？」

林芳華說：「第一天晚上，睡到一半我做了個夢，夢見自己跌入水裡，雙手猛力拍打水花，想求救卻喊不出聲，正載浮載沉之際，看到一隻發白秀氣的手，伸到我面前，我急忙緊緊攀住這隻手，但手異常冰冷。可是，我管不了這許多，只要有人救我就行了。冰冷的手，很容易就拉我離開水面，爬到岸上。」

「很——冷——喔——。」

聽到這話，林芳華抬頭看……嚇！

對方長長的頭髮覆蓋住他的臉，頭髮濕漉漉，糾結成條狀塊，條狀空隙間，依稀可以看到他的臉顏，但非常模糊。

林芳華嚇死了，她拼命地跑，他在後面追。

林芳華跑得上氣不接下氣，忽然不知踩到什麼，腳下一絆。摔倒時，她醒了過來，整個身體都濕了。

一口氣說到這裡，林芳華拿起她書桌上的水，喝下一大口。

「啊！」邱碧蓮雙手一拍：「我想到了，所以床上這人形水漬，就是妳自己的汗水囉！」

放下杯子，林芳華說：

「第二天我起床時，是沒注意到，不過這可是一個禮拜前的事呢。如果有水漬，都過了好幾天，應該也乾了吧？」

邱碧蓮摸摸後腦勺，又上床去看水漬，這水漬濕漉漉的，根本就像是被潑了水似的。

三個人討論的結果，是沒有結果！

☗

今天下午，程茉莉沒有課，在書桌前看書。

她北部的家很窄小，這裡廣闊又寧靜的環境，好固然好，但太寧靜，一切都太寧靜反倒使人有空虛之感，偏偏室友又都不在。

忽然，背後被人一拍，她嚇一跳，轉頭看是睡她上鋪的黃素艷。

「唉！妳！」程茉莉拍拍胸口：「沒聽過鬼嚇人，嚇不死人；人嚇人，會嚇死人！」

「抱歉！我不知道妳膽子原來這麼小。」

「妳下課了？」

「我沒有課。」黃素艷雙手一攤：「我說，妳幹嘛這麼用功？會變成書呆子！」

程茉莉聳聳肩，沒答話。

「出去走走啦！妳猜，我剛去了哪？」

程茉莉搖頭，黃素艷指著窗口外面，心急口快的接著說：

「那裡！我發現一塊烏托邦！妳一定要去看看。」

「嗯？那是什麼地方？」程茉莉只看到榆樹和正前方遠處的大王椰。

「大王椰，看到沒？它後面有一方水池，喔！我的天，簡直太漂亮了。」黃素艷誇張的張大雙臂：「池水又清澈又涼爽，講真的，我從沒……。」

「啊！兩位都在！」林芳華跨進室內，打斷黃素艷的話。

「不然呢？我該去哪？」黃素艷接口反問。

「隨便，校園那麼大，隨便妳愛去哪，就去哪。」

第六章

宿舍有鬼

「唉唷！有火藥味喔？」黃素艷端詳著她。

「我記得妳這人，剛進校來就喜歡趴趴走。」林芳華逕自走到書桌前，收拾著書本，置放入紙箱。

「妳幹嘛？搬家呀？」

「賓果！猜中了！」林芳華說著，又爬上床，收拾起衣物。

「妳真的要搬家？怎回事？」程茉莉問。

「我剛剛去跟舍監反應，談起我的床鋪，老是發現有水漬，然後，」林芳華停下手，看著程茉莉兩人。

「然後怎樣？」黃素艷心急地問道。

「我又常作夢……幾乎天天都會胡亂作夢，搞得我沒精神上課。」

「妳夢見什麼？怎麼都沒聽妳說起？」黃素艷道。

「妳呀，天天遊山玩水，哪有空聽我這些？」說著，林芳華把最後一件衣服，丟入行李箱，闔上。

程茉莉和黃素艷面面相覷。

林芳華拿起行李箱，又想抬紙箱，卻無力，程茉莉上前幫忙，林芳華道：

「謝謝，我分兩次搬，可以的啦！」

「喂喂喂，妳這是幹嘛？」黃素艷連忙問。

「舍監讓我搬到最末一間宿舍，兩位，拜啦！」

程茉莉倒上了心思，她倒杯水給林芳華，說：

「不急嘛，喝個水，告訴我們妳都夢見了什麼？」

「就是亂七八糟，」林芳華想想：「記得最清楚的是好像有人一直叫一直叫……。」

黃素艷聽得眉峰都皺緊了。

「好像叫什麼……林芳華、林芳華！」

「那是叫妳的名字囉？」

「好像也不是，音不太像，林什麼華的，哎，搞不清楚啦。反正，我住最末一間宿舍，可以常來看妳們，妳們也可以來找我喔。」

程茉莉和黃素艷還是幫著林芳華，一起幫忙搬家。

◆

林芳華搬走後的第三天，程茉莉和黃素艷都上床睡了，唯有邱碧蓮，在開夜車，趕通霄。

她坐在書桌前，覺得有些累了，看一下腕錶，已經午夜一點了，她伸伸懶腰，想休憩一下。

忽然，她眼神被一個東西吸引住——是什麼呢？她靜坐著，雙眼緊盯住窗外。

窗外有一道弧線，徐徐往上升，因為這道弧線是黑色的，融在窗外黑暗的天色中，要沒仔細看，是很難注意到。

徐徐上升的黑色弧線，升到一半，她終於看出來，那是一顆頭！弧線是頭頂的輪廓。

可是升了許久，還是整顆都黑色的，直到邱碧蓮看到它的衣服才知道，原來是頭髮整個覆蓋住它的臉，而頭髮濕漉漉，還往下滴著水。

邱碧蓮心口猛然大震，張著嘴正欲喊出聲，它舉起雙手，把頭髮往兩邊撥開，露出一張臉，是女生。

這臉在黑濛濛的半夜裡，特別白，白得不像話，還有點浮腫。但至少是個人，比較不讓人害怕。

邱碧蓮舒了口氣，臉上露出不悅表情：

「這位同學，妳嚇到我了！」

她淡淡一笑，不說話。

「妳哪個年級？」邱碧蓮從沒看過她，難免好奇，尤其是這麼晚了。

她伸出手，豎兩根手指頭。

「呃！二年級。那就是學姐了。」邱碧蓮說著，又問：「妳也在趕夜車？跟我一樣，哇呀！累死了。」

伸個懶腰，邱碧蓮忽然想到，問：

「學姐，妳住哪棟宿舍？」

她伸直手指指窗內，左邊床上鋪。邱碧蓮許是太累了，許是思緒打結，並沒注意、也沒想到什麼，就胡亂點點頭。

「啊！對了，學姐的名字是？」

她撥開長頭髮，露出胸前一塊名牌，上面寫著：「林霜華。」

突然間，邱碧蓮桌燈閃一下，暗了兩暗，在這剎那間，邱碧蓮彷彿看到立在窗外的人臉，變成慘綠色，臉上數道長而深的割痕，她的睡意頓然全消，口中驚喊出聲：

「啊——。」

桌燈又復亮之際，窗外人影已消失了，邱碧蓮立起身，欲退後，卻把椅子給碰翻，發出很大聲響。

黃素艷和程茉莉都被驚醒了，後者仰起身，睡眼矇矓的問：怎回事？

邱碧蓮說出方才的事情，程茉莉聽得瞪大眼，忙下床找出手電筒，拉著邱碧蓮和黃素艷探頭照看窗外，窗口外地上留著一攤水漬。

程茉莉陷入沉思中，黃素艷深皺著眉頭，邱碧蓮臉色異常的問：

「說話啊！妳怎了？」

其實，程茉莉心裡很害怕，可表面上故作鎮定，她慢慢地說出。

原來，林芳華搬出去後，程茉莉就到處打聽，問到幾位學姐，終於被程茉莉撈出實情。

一位大二的女學生，名叫林霜華，睡在這間宿舍左邊的床上鋪，也就是跟林芳華同個睡鋪。很巧，兩個人的名字發音又有點類似。

後來，林霜華好像是感情出現問題。

這間宿舍，面對著大王椰，大王椰邊有一方池塘，一天，有人發現林霜華的屍體浮在池塘上，整張臉被劃花了。因此剛進校來，學姐們都會好意勸學妹們：沒事不要接近池塘，不要太晚回宿舍，還有最好晚上關緊窗戶。

「叩叩！」突然，宿舍門響起敲門聲。

◆

「哇啊——。」吃這一驚，三個女生嚇破膽，擠縮在一團發抖。

顫抖老半天，就是沒人敢去開門。停了很久，沒有再傳出敲門聲，三個女生面面相覷，正要鬆口氣時，敲門聲又響！

三個人嚇得腿軟，蹲坐在地，抱成一團，程茉莉下巴抖得快掉了，低聲問：

「誰……誰呀？」

沒有人應話，兩方僵立著，忽然，黃素艷口顫手抖，指著宿舍門地上。

只見門口地上滲出水，水慢慢流進來。

因為，她們都忘了開天花板的燈，只有邱碧蓮的桌燈亮著，幽幽地照射著整間宿舍，所以暗灰的宿舍，更平添幾分詭異。

三個人忘情的瞪住地上水，敲門聲再次被敲響，她三人委頓地癱坐著，噤若寒蟬。

忽然，邱碧蓮猛拉著另外兩人，她指著窗外，自己一張臉，卻俯得低低。

程茉莉和黃素艷顫慄的轉頭，赫然看到黑烏烏的窗外，站著一道人影，因為亮著的桌燈，幽光照出這個人影，被頭髮整個覆蓋住臉，頭髮濕漉漉，還往下滴著水。

「啊呀——。」再也忍不住，三個女生，畢其身力發出哀嚎慘吼聲。

這時，宿舍的門被更用力地敲，發出急促的「碰碰」聲，呃！這聲音，簡直就像是催命符！

同時，有人呼喊著：

「開門！快開門！我是舍監老師。」

邱碧蓮拉住另外兩個大喊的人，猛烈搖晃，語不成聲地：

「開、開、開門，是、是、是舍監。」

三個女人，好像剛從地獄逃回人間般，猛烈衝向門，卻因太緊張了，打不開鎖，舍監在外面，也很急促的催，裡面女生七手八腳，好不容易總算打開了門，看到舍監，好像溺水者，攀住浮木似的，大哭、狂哭、猛哭。

這夜，舍監另外安排她三人住其他地方，當然她三人免不了嘰嘰喳喳的敘述。

之後，舍監請程茉莉她三人三緘其口，不要再談這件事，舍監安置她三人，住另外一間宿舍。

偶然，程茉莉經過原先住過的宿舍，是好奇吧，她會多看一眼，但又經過一段時間，她發現這間宿舍，竟然被封鎖起來，門、窗，全被木板釘死了。

這樣一來，應該就安全了吧？

不久，有謠言傳來。

據說，原先這一整排的宿舍，同學們在夜晚，常常聽到歌聲，這歌聲，像風的呢喃；或像鬼物的抗議；或是飄魂的魅惑。

其中很不清晰，又常聽到的，是那呼喚聲：林芳華。

或許是林霜華，總之這聲音很難分辨。

聽到傳言，程茉莉的態度是無可無不可的，反正她已經不住那排女生宿舍了。

這一天，程茉莉下課，已經是下午近四點左右。走在校園時，邱碧蓮和黃素艷跑來找她。

「妳倆沒課？很閒喔。」

「哪是，有事情來找妳。」

「什麼事？」

「我們一起去看林芳華。」

「幹嘛去看她？」程茉莉一愣。

「妳沒聽到傳言？」

「是有聽到，可不是很清楚，妳們想，傳言嘛……就是不盡都是真實的。」

「聽說，她很奇怪。反正都是同寢室的，關心她一下，也是常情吧。」

就這樣，三個人一塊又來到這排宿舍，走到最末一間，邱碧蓮要敲門，門卻應聲而開，她有點吃驚，扭頭看一眼其他兩人，另兩人點頭，三個人跨進宿舍。

咦？才下午四點半左右，宿舍內已經顯得灰暗了，程茉莉看一眼窗外，原來，窗外幾棵榕樹，遮蔽了不少陽光。

這間宿舍跟其他宿舍同個格局，但靠牆的書桌，竟然是空的。

門沒關，表示裡面有人呀？人呢？

三個人魚貫踏進去，巡視一眼周遭，床鋪也沒人？當她們三個人都走進去後，後面的門，突然「碰！」一聲，自動關上！

三個人同時轉頭，程茉莉說道：

「嘿，誰呀？幹嘛？惡作劇嗎？」

黃素艷上前，欲打開門，卻打不開，就在這時忽然傳來一陣低低的似歌非歌低喃聲：

「花非花，霧非霧，情到深處，芳華虛度。」

三個人面面相覷，一會遲緩地，同時轉頭望向左邊床鋪上方。

她們看到有一道背影，面向裡面牆，背朝外的躺著。

程茉莉心口縮皺起來——她想到第一天，到宿舍報到時，就在同個位置上，看到似夢又真實的夢境。

「林……林芳華！是不是妳？」邱碧蓮吞嚥著口水，問：「我們來看妳了。」

剛剛的歌聲又響，但是這次卻帶著嗚咽。

黃素艷想：現在有三個人在，又是白天，不應該這麼膽小，而且凶宅宿舍已經封鎖了，這間又不是她們之前住的那間。

於是，她從床尾小梯爬了上去，邱碧蓮和程茉莉四隻眼睛，直盯盯的望住上面。

床上的人，依然動也不動，上去了後黃素艷跪爬著，越過床上的人，越過到一半，也就是那個人的腰際。

突然間，黃素艷慘嚎一聲！

「啊——」

程茉莉嚇得連忙後退，但空間不大，她碰撞到右邊的床；而邱碧蓮則蹲下去，雙手抱住頭部。

黃素艷顫慄抖簌地，連滾帶跳的滾下床，因為走梯子太慢了，程茉莉清楚看到床上的人，依舊不動，好像也沒有攻擊的動作，她遠遠的叫：

「素艷！怎樣了啦？看到什麼？」

「血、血……。」素艷躲到遠些的宿舍門口，伸出手，顫抖的指著上面床鋪。

程茉莉轉眼，望向上方床鋪，呃！看到了，上面床鋪中，流下一滴滴的血液，她順著血液，才看到底下的床鋪上，有一灘怵目驚心的、鮮紅色的血。

「叩叩叩……。」突如其來的敲門聲，使室內三個人，一齊跳起來，並發出淒慘哀號聲。

敲門聲更響，門外有人喊：開門！開門！

不一會，本就沒有上鎖的門，被推開了，是住這間宿舍的學姐們。

好像獲救了似的，室內三個人，又喜又哭泣不已。

原來，林芳華不明原因的自殘，她用美工刀，割劃手腕，若不是程茉莉三個人早到，只怕她會流血過多致死。

根據猜測，很可能是林霜華入侵林芳華的意識，魅惑她跟它走上絕路！

但，這只是猜測，事實如何？有待追查。

只是，校方不會照實向同學們公布吧！

細思極恐的

校園鬼話

第七章 學校是墳場

北部，建在半山腰的這間學校，從開始招生到現在，就充斥著各種傳言，傳言不曾斷過。

沒人知道這間學校，未建之前的前身，是什麼用途。

後來，有學生因為好玩去後山，無意中發現，原來後山是個大墳場，因此開始有傳言說，學校原址原本就是墳墓。

到底事實如何？並沒有人追究查證。

只是，進入學校就讀後，同學間有許多禁忌，例如：

在學校裡，千萬不要提到『鬼』這個字；還有，同學們盡量不要單獨上廁所，尤其是夜校生；放學後最好趕快下山回家去；千萬不要注視沒有人上課的教室，恐怕會看到不該看的東西；還有倘若看到怪奇的東西，最好當作沒看到，千萬不要引發你的好奇心，否則……一切後果自負！

◆

丁明燕和李碧雲是這間學校的夜校生，兩人是同班同學，又是好朋友。

剛進入學校時，她倆當然也聽過學校的許多禁忌，只是對這些輕描淡寫的傳言，聽歸聽，她們並不很在意。

她倆算是乖學生，向來準時上課，準時下課回家。尤其是上課日久，對這些傳言，早已麻痺，根本沒放在心上。

一天，五點多左右，李碧雲依慣例到校後坐在座位上，享用簡單的晚餐。

不久，丁明燕來了，她白天在飲料店打工，通常都是吃完晚餐才到校。

丁明燕的座位靠窗，還不到上課時間，她借來李碧雲的作業簿，專注的抄寫著。

忽然，一個白色的物體，在丁明燕眼尾一閃……。

丁明燕眨眨眼，隨意轉頭，咦！

果然有一團白色東西，在對面！

對面也是一棟教室，跟丁明燕這棟教室一樣是四層樓，只是對面的教室，沒有人上課，所以它漆黑一片，在黑暗的夜色下，宛如一隻巨獸，蹲坐著！

丁明燕放下筆，揉揉眼睛，再看過去。

咦？那不是物體、也不是東西，很像是一個人！

那個人就在四樓的窗口邊，身穿白色衣服，頭髮長及肩膀，垂下來的頭髮，幾乎掩住了半邊臉。

從頭髮分辨，丁明燕判定這個人，應該是女生。

這時，那個人忽然動了，抬起頭髮絲偏向一邊，露出了臉。不錯！果然是一張女人的臉。

丁明燕意外得不得了，怎會有女生在對面教室啊？更讓她意外的是，想不到這個女生竟然也回望著她！

似乎，這個女人知道丁明燕也在看她吧？

丁明燕幾乎要看呆了，她拍拍頭，證明自己不是在睡夢中，忽然對面女人舉起手，跟丁明燕打招呼。

微怔，丁明燕轉望其他同學，大家都各自在做自己的事，沒人注意她。這時，李碧雲用完晚餐，正要去丟垃圾，丁明燕一把抓住她：

「過來！過來！妳看，對面……。」

李碧雲動著嘴巴，淡笑道：

「喂！對面沒有上課，叫我看什麼？」

「對面有個女人，她一直看我們這邊，還舉手跟我打招呼……。」

聽了這話，李碧雲抬眼望向對面，可是對面暗黑一片，完全沒有人！

丁明燕放眼看對面，咦！真的，對面教室一片黑暗。她不信邪，戳一下坐她前面男同學的背部，問道：

「嘿，林克元，剛才你有沒有看到對面教室有一個女人，穿白色衣服。她還對著我們這邊招手。」

林克元回頭，臉色有點蒼白，猛搖頭：「沒看見。」

李碧雲笑了，調皮地看看對面教室，雙手一攤，道：

「哪有人啊？連個鬼影都不見。」

林克元臉色更白了，急急地說：

「喂！妳忘了？在學校裡，不能提到這個……字。」

「啊？是嗎？迷信！」李碧雲伸一下舌頭，轉身去丟垃圾。

「嗯？太奇怪了！難道真是我眼花了？不！不可能呀。」說著，丁明燕搖搖頭，又看一眼對面，還是漆黑一片。

◆

白天，丁明燕得到飲料店打工，不知是昨天太晚睡還是怎樣，她感到今天特特別累。

騎著摩托車，她一路打著哈欠，遇到紅綠燈，她停下來趁機閉上眼，休息一下。後面傳來「叭！」一聲，她嚇一跳催起油門，摩托車往前。

對面一輛小轎車開過來，丁明燕不經意的側臉溜一眼，突然她吃了一驚，機車把手顫動了一下。

小轎車沒有關窗，開車的是女駕駛，在雙方車子錯身的那一剎那間，女駕駛忽然轉頭。

丁明燕跟她對望，看到她的臉——她頭髮偏向一邊。那張臉，丁明燕可是很熟悉，分明就是昨晚，丁明燕在教室對面看到的那個女人的臉呀！

車子將要過去的瞬間，女人忽然咧開嘴，笑了。

驚詫萬分的丁明燕，思緒紛雜，就在她分神之際，車把手歪了，機車也歪了，後面一輛計程車緊急的發出「叭——。」聲音。

可惜，太遲了，速度不慢的計程車，快速撞到丁明燕的機車，車子連同人，整個飛出去。

晚上，班上的同學們獲知丁明燕發生車禍，反應不一，有的沒感覺、有的想去看她、有的低聲談論。

下了課，李碧雲向林克元說：

「嘿，要不要一起去看丁明燕？」

「抱歉，我有事，沒空。」

「喂！你這個人，很沒有同學愛唷！虧你坐她前面，考試時還幫她，這時聽到她出事，竟然不想去看她！」

林克元低著眼，自顧收拾桌上筆記本。有同學聽到李碧雲的話，扭頭看著林克元，害他臉都紅了。

李碧雲不死心，追到學校前的噴水池，繼續盧林克元。

「我是因為你有機車，方便一點，不然這樣吧，你載我到醫院前，我自己進去。」

「我勸妳最好不要去。」

李碧雲瞪大眼，尚未開口，林克元接口說：

「只是暫時先不要去，改天再去。」

「為什麼？」

林克元不肯說，卻拗不過李碧雲，他看看周遭，有很多同學在附近，準備下課，看到這麼多人，林克元才說道：

「昨天，丁明燕不是看到了教室對面穿白衣服的女人？」

李碧雲一愣，眨眨眼：

「這跟她車禍，有什麼關係？」

「關係大囉。跟這種東西對上眼，我告訴妳，準發生事情。」

「哪有這種事？對面沒有人呀。」

「校內的傳言，妳都沒注意聽？」

「傳言？」李碧雲一副茫然狀的搖頭。

林克元跨上摩托車，就要發動，李碧雲連忙拉住他機車把手，不依地：

「別想溜，你給我說清楚。」

「嘿！妳這人，講點道理行嗎？」

這時候，有許多同學機車都騎走了，坐校車的同學們，也都上巴士，附近顯得有些冷清清地。

「拜託，我得走了。」

「行！你給我說清楚再走。」

沒來由的，附近颳起幾陣陰風，不遠處的一排樹木，發出窸窸窣窣怪聲。

「不要為難我，說真的那種東西誰都碰不起。」林克元愈說愈低聲。

李碧雲不由分說，跨上機車後座，硬要讓他載：「走吧！」

◆

騎到山下有住戶，看起來人氣比較旺盛，李碧雲才說：

「現在可以說了吧？」

「妳真不知道？我們學校以前，是墳墓改建的哩。」

接著林克元說起，關於校內的種種禁忌。李碧雲卻是半信半疑，他接著說：

「別鐵齒！那是妳看不到它。想想，它還跟丁明燕揮手咧，很可怕！」

「厚！你一個大男生，竟然這麼迷信？」

「不是迷信，要不要聽我的際遇？」

「什麼？你也遇到過？」李碧雲驚訝的大聲問。

以下，就是林克元的親身經歷：

兩年前，正值秋天，林克元剛進學校，他原本個性懶散，動作遲緩又不經心。

第七章

學校是墳場

上課到第三個月，時序進入了初冬，學校在山上，當然更容易感受到冬季的涼冷，可是，林克元的個性還是依舊懶散，並未改變。

一天下了課他尿急，便去上廁所。

學校的廁所，在教室的盡頭角落，男生廁所一邊是供小號的便斗，另一邊是供大號的跨蹲式，這跨蹲式，每間都有廁所門。

林克元在右邊的便斗尿，可能因為解放了，心情大好，林克元尿到一半，他忘形的吹了聲口哨。

忽然，後面傳來比他更陰沉更破，還斷續的口哨聲！

他一愣，想不到也有同學跟他一樣尿急哩！

他笑了笑，心想：

學我吹口哨呀，聲音那麼難聽，像話嗎？

拉上褲子，他轉身，忽然一團物事，從廁所外面，迅速無比的竄進來，竄向對面，消失在關著的廁所門前！

這個門，紋風不動，既沒有響出被物體撞擊的任何聲音，門板上更沒有任何痕跡！

不管是什麼東西，什麼動物，竄進來也算了，為何能消失在關著的廁所門前？

林克元除了驚訝，還是驚訝！

當然，這時候，他沒聯想到其他許多事情。

緊盯住那間廁所的門，他比對了一下，發現這間廁所正是跟他相應，發出破口哨聲的廁所。

林克元呆了好一會。他自己感到過了很久，可是出乎他意料之外，廁所門內完全沒有動靜！

有人上廁所這麼久？還一點動作都沒有嗎？林克元心裡升起了一股疑惑，他很有耐心地繼續等下去——畢竟，人都有好奇心嘛！

一切是沉靜，沉靜得可怕——尤其是在這淒寒的冬天，又無人跡的地方！

只是，好奇心掩蓋過林克元的恐懼。

忽然，天花板上的燈光，倏然閃一下，又亮起，但光芒暗了許多，暗得有些變綠色了。

林克元抬頭看一下天花板，就在他收回眼之際，忽然廁所門上方，迅速揚起個黑色東西，又往下掉！

林克元看不清楚這東西，就像是腰帶或類似書包帶。

哼！有人？

想到這裡，林克元很不爽，他大踏步走向前，說道：

「同學！該出來了，怎那麼久？生小孩呀？」

「你、也、要、上、嗎——。」聲音極端陰惻惻。

嘿！裝神弄鬼，想嚇誰？

林克元更不爽了，舉手欲敲門，哪知他都沒碰到門，門自己呀然而開！

一個人，脖頸上繫著一根黑色帶子，掛在廁所上方。

林克元入目之下，心口猛烈驚顫，他想放聲叫，聲音卻卡在喉嚨裡，叫不出來。

忽然，這個人軀體搖晃起來，還側過頭，居高往下的面向著林克元，嘴裡吐出的舌頭，非常長。

舌頭跟著他身體一起搖晃，緊接著，林克元看到他七孔流下深紅色血水。

「啊啊啊——」

林克元被自己發出的怪聲，更驚嚇得往後仰倒，他手腳顫抖個不停，想奔出去，卻腿軟，又渾身無力。

但有一股求生意志，支持著他，因此他奮起畢生餘力，手腳並用，顫慄的往外爬行，而天花板上的燈光，暗得變成了慘綠色。

他一面爬，一面無自覺的飆出兩道淚水。

爬到廁所門口處，一雙腳出現在他面前。

雖然，腳沾滿泥巴、汙穢而斑剝，可是只要是人就好。

「救、救命……。」

林克元口齒不清，他伸手，想抓腳，怪的是抓了幾次，明明腳就在他面前，伸出的手，卻數度抓了個空。

林克元放棄抓腳，舉起手，伸向廁所裡面，帶著哭聲，說：

「裡、裡面，有人、上、上吊，快、快去找、找……老師。」

「上、吊、嗎——？」呃！這聲音，緩慢而陰惻。

雖然驚懼萬狀，林克元還是有分辨意識，他感到奇怪抬頭望去，哇啊！眼前的這個人，低著頭，嘴裡吐出一根舌頭，舌頭很快的往下伸展，同時滴滴血水，往下掉。

「像、像……我、這、樣——。」

沒等它說完，林克元再也無法忍受，整個人暈厥過去。

◆

李碧雲聽得臉都縮了一圈：

「啊！我記得，開學一段日子後，你好像請了幾天假。」

「告訴妳，校內的禁忌，又多了一項，不要亂吹口哨。」

「後來呢？那個上吊自殺的是同學是誰？」

「校方查不到，因為根本沒有人上吊。那時候剛好我爺爺過世了，校方讓我請喪假，還交代我，不要妖言惑眾。」

「難怪。」李碧雲點頭：「在校內，就算你看到了什麼，也……。」

「也要當作沒看到，最好不要跟它們對上眼，不然準發生事情。妳看，丁明燕就是個例子，我想，搞不好我是遇到它們，爺爺才會死。」

「都過去了，就不要想太多。」

「所以呢？妳現在……？」

「請你讓我在捷運站下車，我要直接回家。」

就這樣，李碧雲用手機跟丁明燕聯絡，聽她說只受到輕傷，腳踝扭到而已。

過了兩天，丁明燕來上課了，腳還包著紗布，同學們都上前慰問。

「以後乖一點，上課時不要分心，亂看外面！」林克元說。

「厚！提起這個，你們都弄錯了！學校根本沒有鬼。那些禁忌，都是嚇嚇我們而已！」

林克元和李碧雲臉色微變，面面相覷。

「我為什麼會被車子撞到，你們一定想不到。」

接著，丁明燕說出那天早晨，她看到對向小轎車內的女人，居然是她前一晚看到的在對面教室的女人！

所以，她堅持，那個女人是人，不是鬼！

聽了，林克元沒出聲，默默的轉回頭，去看他的書。

李碧雲想跟丁明燕解釋，想說出林克元的際遇，但上課鐘響了，她把話吞進肚裡，只簡單的叫丁明燕，上課要專心，不要看對面。

那麼，丁明燕的事件，到此該告一段落了，畢竟她也已受到教訓，只是運氣好，人沒怎樣。

下課鐘聲響，同學們都各自收拾著，準備回家。

丁明燕戳一下林克元，指指對面漆黑一片的教室，笑：

「嘿，跟我去對面教室一下，好不好？」

林克元斜睥她一眼，冷冷回答：「沒空。」

李碧雲皺著眉心，不以為然地問丁明燕：

「你去對面幹嘛？」

「我問問那個女人，家住哪裡，叫什麼名字。」

「無聊！」林克元丟下這話，轉身踏出教室。

「喂！別走，你回來！林克元，你回來。」丁明燕用力招手，喊著。

李碧雲拉住丁明燕的手，制止道：

「好了啦！趕快收拾，不然我不等妳了！」

「不然，妳跟我去對面教室？」

「小姐，拜託，我沒空！」

「我想證明，她不是鬼，是人！」

「行！妳自己去吧。」

「可是，有妳作證，不是更好？不然，連林克元都不相信我的話。」

李碧雲看看丁明燕，無言的搖頭，轉身就往外走。

走到一半，忽然，李碧雲聽到後面傳來聲音：

「呃呀！快看，對面教室，那個女人又在看我們這邊了。」丁明燕愈說愈大聲：「我就說嘛，根本就是人，幹嘛大家都這樣，要疑神疑鬼的，幹嘛啦？」

李碧雲連頭都不回，反而大踏步跨出教室。

◆

不知道她想幹什麼，竟然約她下午四點半，在學校的噴水池畔見面。

李碧雲坐在噴水池沿邊，看著太陽即將落幕的學校，籠罩在金黃色下，一片祥和溫馨。

讀夜校就是這樣，每天幾乎都行色匆匆，又是在夜晚，根本沒空欣賞學校風光，這會，看學校竟然是這麼……。

忽然，一大群人，包括教務、訓導主任，還有老師，還有兩、三位……好像是記者，他們腳步雜沓，匆匆穿過噴水池畔，往後走。

發生事情了？

李碧雲直覺這樣想著，卻沒注意許多，因為丁明燕已到了。

「不好意思，我打工的店裡，忽然來了三十杯外賣，忙翻了，老闆可樂翻了。」

李碧雲望著丁明燕，看她說話神情還好，不像被什麼鬼附身，或見到髒東西之類，只是，她額頭上，出現明顯的灰暗色，連眼睛都浮腫。

「腳好了？」

「嗯！謝謝，拆紗布了。」丁明燕抬一下腳。

「有啥重大事？上課不能講嗎？非得要提早來學校。」

「跟我去那棟教室四樓，現在天色還亮，妳不會怕了吧？」

李碧簡直快氣炸了，竟然只為這種無聊的小事約她。

「走啦！我們如果能破解學校的禁忌，嘿！多大一樁功勞呀！」

看丁明燕一副不知天高地厚狀，李碧雲真是敗給她。這時噴水池畔，有同學們來來去去，不方便說話，李碧雲便拉著丁明燕，轉往後走。

「幹嘛？妳是願意跟我去了？」

走到教室前面的花圃，李碧雲停住腳，放開丁明燕的手。丁明燕四下望望：

「不是這裡好不好。是我們教室的隔壁棟四樓。」

「我說，妳這個人很糟糕，那個女人的事跟妳有關嗎？求證個屁。」

接著，李碧雲詳詳細細，說出那個晚上，林克元告訴她的事。

這一說，時間過得特別快，學校在半山腰，天色暗得快，加上秋分，颳起的山風，陣陣涼冽，侵人肌骨。

丁明燕聽得大愣，瞪大雙睛，不知是因為冷還是怕，她拉攏一下外套，裹緊自己。

「妳想嚇我？這事是真的嗎？」

「等一下林克元來上課時，妳可以問他，這是他親口對我說的。要知道，學校還禁止他說出去！」

呼——嚕——嚕——，颳來幾陣更強更陰寒的風，樹木發出「沙……沙……。」聲，似乎，世界陷入淒寒無比中。

「不能說出去嗎？哼，我聽到了……。」

李碧雲和丁明燕身後，忽響起尖銳聲音。

兩人當場大震，嚇得跳起來，緊緊互抱住。扭頭望去，一位女老師，竟然悄無聲息地站在她倆後面！

李碧雲認得這位老師，她是日間部的詹老師，相當年輕。李碧雲拍拍胸脯：

「詹老師，妳好！妳嚇了我們一跳。」

「唉——呵——。」詹老師似乎在長嘆，可是聲音有點奇怪。

「對啊！老師，我真的嚇到了。」丁明燕也說。

「為、為……什麼？」詹老師動作緩慢的轉頭，看丁明燕，聲音尖銳。

丁明燕不覺得什麼，但是站在一旁的李碧雲，是另一個角度看詹老師，她發現詹老師看丁明燕時，整顆眼瞳幾乎擠到眼眶外，只剩下暗灰色眼白。

「我們正在說鬼故事！」丁明燕完全無忌諱的說。

「鬼……故……事？」

詹老師張大口，但是完全面無表情，又徐徐轉向李碧雲，李碧雲沒來由地感到一股寒意，她略退一大步。

「是什……麼樣的……鬼……？」

「老師，妳一定沒看過鬼吧？」丁明燕接口，得意地說：「我就看到了。」

李碧雲潛意識的拉拉丁明燕，示意她保留些，可是後者完全不管，還繼續說：

「我說我看到的是人，不是鬼，可是同學們硬跟我掰說是鬼，所以我準備證明給同學們看呢！」

忽地，銳利尖芒在詹老師眼中一閃而沒，她面無表情地，輕輕點頭：

「很好！」

李碧雲始終感覺很奇怪，又說不出怪在哪裡，她記得以前詹老師的聲音，不會這麼尖銳，今天竟跟以前的平和聲音，相差至少有五個音階以上。

她扭頭看看，發現她們所站之地，正是教師室的前面花圃，但詹老師為何不趕快進去？

她動動嘴巴，想藉上課離開，可是她尚未說話，詹老師冷哼著，聲音似乎更尖銳更高亢：

「呵——呼——，妳們看看，我……像……不像……鬼……？」

詹老師說著，暗灰色天際又颳起冷風，更加重此處的淒涼感，李碧雲的手臂竟冒起了疙瘩：

「老師，妳……不要開玩笑。」

李碧雲話還沒說完，前面教室走出一行人，他們的談話聲，引得丁明燕和李碧雲雙雙轉頭望去……。

◆

這行人，正是剛剛，在噴水池邊經過的教務、訓導主任，還有幾位老師，三位記者。

李碧雲和丁明燕轉回頭，呃！詹老師不知何時走了，詭異的的是，沒看到詹老師打哪離開，也沒見到她的身影。

李碧雲和丁明燕一塊往校外走，想去吃晚餐，再準備上課。

「唉唷，這一耽擱，我今天沒辦法到對面教室求證了啦！」

李碧雲看丁明燕一眼沒有答話。剛好那群人跟她倆同個方向，只聽訓導主任說：

「勞煩各位，不好意思，請各位一起去用餐？」

「不了！謝謝。我還要到詹老師住處去。」

「嗯？不是這樣就好了？」教務主任接口。

「哪那麼簡單？警察會去蒐證，或許等一下會來學校，請問老師們問題囉。」一名記者說。

聽到「詹老師」，引起李碧雲的注意。這群人走了一段路，老師們跟他們告辭，往回走，這幾位老師，臉色看來非常沉重。

李碧雲機警的拉住丁明燕，欲往回走，丁明燕不解，李碧雲向她打個暗號，兩人偷偷跟在老師後面。

「唉！想不到，會發生這種事。」

「就是，她那麼年輕，長得也還好……」

「不是還好，是很漂亮。你知道，人死了，要多說些好話！」

「唔，不會是跟我們學校裡的……有關吧？」

李碧雲和丁明燕聽了，當場愣住，連雙腿都驚愣得走不動了。李碧雲趕上一步，攔住幾位老師，就是要問清楚，是詹老師怎樣了嗎？

一問之下，兩人真的嚇呆了！

老師告訴她們，詹老師在昨天夜裡，上吊自殺了，好像是為了男朋友，細節不清楚，警察正在調查，連記者都聞風來採訪。

「老師，我剛剛就跟詹老師，在那個花圃前面……說話。」李碧雲整張臉都發白了。

老師們當然不信，還斥責她，一旁的丁明燕作證，說她也在一起，談了好一會的話。

老師們看這兩位學生，似乎不像會說謊，但這件事，也太詭異了。

聽完她兩人細敘，說著方才的事情，老師們不想往下講，要她兩人趕快準備去上夜課，還交代她倆，沒有的事，不要亂講喔！

颯颯淒風，颳得人心裡發毛，李碧雲和丁明燕看一眼花圃，剛剛就在那……。

兩人像是後面有人追趕般，腳步疾快的往前衝。

吃飯時，李碧雲撇著嘴，問丁明燕，還想去鄰棟教室查證什麼嗎？

丁明燕吞嚥嘴裡的飯，猛烈搖頭：

「我、我……今天想請假，不要上課，到人多的地方逛逛。」

李碧雲馬上同意了！

細思極恐的
校園鬼話

第八章

鬼學長

學校的電腦教室有鬼，已經是流傳了好幾年的事。

李昆翔和幾位麻吉同學，當然也聽過這個傳說，但他們覺得這是無稽之談，畢竟沒遇到！

同學們還說：

「因為校方擔心我們會偷溜進電腦教室玩遊戲，才傳出這個說詞。」

「就是，」其他同學馬上附和：「以為這樣講，我們就怕了？」

「怕的是烏龜！」

在一串哈哈笑聲中，結束了這樣的對話，結果是大家根本不信這個傳說！

這一天下午第三節是電腦課，同學們攜帶筆、課本、筆記本、嘻嘻哈哈的進電腦教室。

想不到今天的課程，很難！

成績好又聰明的同學，早把老師交代的課業完成，像李昆翔、蘇茂賢這群麻吉，成績處於中等水平，就難搞了。

他們很有自知之明，自封為「狐群狗黨」。

狐群狗黨裡並不是各個都是膿包，有的算還好、有的會不恥下問——請教成績好的同學，李昆翔就不一樣了！

電腦遊戲是他的嗜好，在電遊中，可以啟發他許多靈感，所以他喜歡自己摸索，偏偏課業跟電遊是有落差的呀！

快下課了，有一大半同學交不出作業，老師宣布：

「交出作業的自由下課，沒有交出來的不准下課。」

還沒交出作業的人一片哀嚎，眼睜睜看著其他同學踏出教室，李昆翔卻反倒興奮莫名！

眼看老師跟同學們走了，李昆翔馬上連接上網，玩起電遊。

有些同學會請教他人、有的會專注於課業，因此留教室的，陸陸續續交出作業，一一離開教室。

因為教室內有燈，李昆翔並沒發覺時間已向晚，而同學們也將近走光了。

正當李昆翔沉浸打打殺殺中，無預警的，跳出一位玩家，在線上跟他玩起對立腳色。

嘿！這可好玩了，只要有人對立，遊戲肯定加倍精彩。

這一路玩下來，李昆翔更聚精會神得忘了周遭環境。忽然，玩家丟出一句話：

——嘿！你不是該下課了？

——唔，快了吧。

打上這些字，李昆翔忽然怪想到……對方怎知道我在上課中？

——可是，你快輸了。

——未到終局，誰輸誰贏，講得太早了，呵呵！

——你很有自信唷？

——當然！你呢？怕了？

——不是怕，是擔心你無法繼續玩下去。

——不然哩？

——我們的遊戲不能停！總得分出高下。

——對！沒錯。所以，你有什麼意見？

——你，先去關燈，免得學校知道這裡還有人。

李昆翔嘴角噙了一抹笑，果然不可忽視這個對手，他撂下一句英文。

——Good idea！

——那就快去囉！我等你。

話題到此為止，李昆翔轉著頭，看一眼周遭，好像只剩自己一個人。於是他安下心，起身悄悄按掉教室的燈開關，整間教室頓陷入一片黑暗中。

回到座位，他興奮莫名地，快速按著電腦按鍵，一心一意，就是想打敗對手！

◆

「昨天，誰最後離開電腦教室？」老師在講臺上問。

沒人出聲，也沒人承認。

「班長，以後你要注意，同學們離開後，你要記得鎖門。」最後，老師轉向班長說。

李昆翔低頭，對自己竊笑著。

昨天，真的厮殺到太晚了，他連晚飯都忘了吃，回到家已經十點多，只能吃宵夜了。

今天，下了課，李昆翔飛快的趕回家，立刻打開電腦進入網址，果然對手玩家早就候在線上。

——等我呀？公瑾！

——哼！我沒騙你吧！就是便利商店，二十四小時，全天無休的等你，哈哈哈。

——對！開戰！

於是，兩人又厮殺起來，李昆翔顧不得洗澡吃飯，不管老媽——呂秀蘭怎麼催，他都說等一下，總之，就是沉迷得無法自拔了。

也不知道自己玩到幾點，第二天李昆翔起不來，是呂秀蘭喊他才起床。

到了學校，他雙眼浮腫又精神不濟，幾乎每堂課都在打瞌睡。

下午第一節是電腦課，李昆翔的精神又來了。

班上同學，三三兩兩往電腦教室走，蘇茂賢湊近李昆翔，一手搭上他肩膀：

「說！昨天你在哪裡？」

「廢話！」李昆翔伸手拂掉蘇茂賢的手：「當然在家裡！」

「不對不對！」

李昆翔不以為然的斜望他一眼：「不然呢？你說？」

蘇茂賢左右看看，附在李昆翔耳際，低聲問道：

「我問你，前天是你最後一個離開教室的吧？」

「你！」李昆翔掩住他的嘴：「要死啦，講這種話？你還是『狐群狗黨』的成員嗎？」

「呵！果然被我猜中了。」蘇茂賢得意的笑了：「我說呢，我這才叫真正的『狐群狗黨』成員。」

「想告密？去啊！去啊！」

李昆翔說完，腳下趕前一步，意思是不想繼續跟他說話。詎料，蘇茂賢拉住他衣領往後拖，李昆翔不得不又跟他一起平行走。

「還有一件祕密，跟你有關，聽不聽？」

「跟你同個黨，真是我的不幸！有話快說，有屁快放。」

蘇茂賢故意做出放屁姿勢，將手從屁眼處，掬出一股氣，往李昆翔臉上吹拂，李昆翔也配合著，在臉上猛搧，直喊臭。

「昨天，我看到你又潛入電腦教室。」

「胡說！我昨天很早回家。」

「騙你的是……。」蘇茂賢伸手，做出烏龜爬行狀。

李昆翔皺起兩道濃眉，搖一下頭：「不可能！」

「我可以發誓。」

「那，你就去變成烏龜！」

相爭不下，談話間已到了電腦教室，兩人竟停在教室門外，繼續相爭。

「昨天，輪到我打掃教室，掃完後差不多五點半，然後收拾一下，接近六點了。」

看蘇茂賢說得認真，不像假話，李昆翔才專注的看著他，只聽他說。

「扛起書包，走到……呀！對！就是走到這裡，」蘇茂賢比手畫腳，指著教室門前方：「我眼角瞄到教室內閃著光很暗，我很好奇都下課了誰會在電腦教室裡面？」

聽得入神了，李昆翔輕點著頭。

「喏！我靠近這個窗口，看到教室裡面，真的有人，而且就是你！」

「看清楚了？真的是我？」

「嗯，太暗了，沒看清楚你的樣貌。只看到黑黑的背影，坐在電腦前。」

教室外，只剩他兩人，蘇茂賢說到這裡，老師出聲喊他們：還不快進教室？
兩人對望疑惑的一眼，雙雙踏入教室。

◆

最後一節課，下課鐘響，李昆翔馬上去找蘇茂賢：
「我說，你一定見到鬼了。」
蘇茂賢睜大眼，望著他：「你說什麼？」
「我說，你見到鬼了。」李昆翔說：「我可以發誓，我昨天真的很早回去，你不信，我媽可以作證！」
「是嗎？」
李昆翔看腕錶一眼，說：
「喏！現在是四點多，我們趕快打掃，打掃完操場集合。」
「幹嘛？」
「有事！聽我的就對了。」
儘管蘇茂賢肚子裡滿腹疑團，但他還是很快做完分內打掃工作，扛起書包，走向操場。
讓他意外的是，操場上只有李昆翔。
「咦，就你跟我兩個？」

「當然，不能讓太多人知道。」

「你搞啥？」

「來吧，到了你就知道了。」

蘇茂賢只好跟著李昆翔走。兩人來到電腦教室前，李昆翔前瞻後顧一番，他俯在教室窗口，往內看。

蘇茂賢不明所以，也跟著往內望。

教室內，一片昏黑，不過可以看出來，一臺臺的電腦，置放在桌上。至於椅子，想也知道，當然是空著的。

蘇茂賢張著口，正想說話之際，起碼有半數以上的電腦桌前，忽升起一團團黑黑的物事！

這團物事，有點像人頭的頭頂，只是，它也太多了吧？電腦有四十臺，半數的話，就有二十台。那這個黑色頭頂，就有二十個囉？可仔細看，它又不太像是人頭，人的話有頭髮，這頭頂卻只有輪廓，就像是禿頭的頭頂般。

他兩人心裡很毛，但又禁不住好奇心，輕輕移動身軀，就想看清楚，那到底是什麼……。

突然間，兩人的屁股，雙雙被人用力拍了一下！

這一嚇，讓他兩人驚跳得老高，同時揚聲大喊。

是教官，而且是比較胖比較凶悍的那一位陳教官：

「不回家，在這裡幹什麼？」

李昆翔定定神，向陳教官行舉手禮，結結巴巴地：

「我們在、在……，報、報告教官，裡面……教室裡面有鬼！」

「你胡說些什麼？」

蘇茂賢苦著臉，接口說，聲音卻乾澀得變尖細，他自己也嚇一跳：

「是、是真的啦！教官，不然，你看看。」

陳教官半信半疑，果然湊近窗口，往內望去。如果夠聰明的話，他兩人應該趁機溜走，不過就是愚笨，才會也湊近窗口向內看。

「喂！」冷不防，陳教官轉向兩人大吼一聲。

李昆翔和蘇茂賢吃一驚，一個往後退，一個撞向玻璃窗口，發出一聲：碰！

「你兩位是哪個班的？啊？」

「我、我們……。」李昆翔支吾著，蘇茂賢則摸摸自己的頭。

「竟敢亂說，教室哪來的鬼？啊？」陳教官臉容嚴肅極了。

「報告教官，我們沒有說謊。」接著，李昆翔細說著方才所見。

等他說完，陳教官低頭看一下腕錶，皺緊眉頭：

「哼！下課了，趕快回去。不然，想記過還是警告？告訴我，你倆哪個班級？」

「報告教官，再見！」說完，兩人行個禮，逃之夭夭。

◆

「我說，電腦教室裡面，肯定有鬼，連陳老頭都想看看。」陳老頭是陳教官的綽號。

聽到李昆翔這樣說，蘇茂賢不知道該不該相信。

「我問你，你看到教室內，有什麼東西？」

蘇茂賢用手比劃著半圓圈：

「它長這樣，誰看得出來，它是啥東東？」

李昆翔點點頭，伸手朝蘇茂賢一勾：「走！」

「去哪？不是要回家嗎？不怕陳老頭嗎？」

「我不信找不出那個是什麼東西！」說著，李昆翔挑釁眼光望住蘇茂賢：「要不要試試你的膽子，有多大呀？」

蘇茂賢二話不說，開步跟上李昆翔。

這時，天色已經黑暗下來，校內的同學差不多都走光了，只剩下教職員教室，還亮著燈，其他教室幾乎都關燈了。

「你不怕被記過？」

「你很囉唆，去就去，還談這些，我當然懂得避諱。」

一路說著，兩人快接近電腦教室，只是李昆翔越過電腦教室，繼續往前走，走到教室盡頭，轉過去，再往後轉，就變成是在電腦教室走廊的另一邊的窗外。

蘇茂賢向李昆翔豎起大拇指，兩人悄悄打開窗戶，由窗戶爬了進去。

「嘿嘿！陳老頭絕對想不到，我們會在這裡，呵呵……」

兩個人摸黑，潛入教室內，經過一臺臺的電腦前，巡視著電腦桌和椅子，完全沒有發現方才看到的圓形頭頂。

「欸！我說找不到就算了，還是回去了吧。」

可能是因太黑暗的關係，蘇茂賢打心裡發出一股寒顫。

「哈！呵呵呵，既來之，則安之。已經都踏進電腦教室了，哪能允許我空手而歸？」

「你想幹嘛？」

「玩一下電玩。」

「不要啦！」

「半個小時，待會我請你吃晚餐，如何？」

「那……我看連我也玩一下吧。」算算看，有玩又有得吃，他蘇茂賢是不會放過這個機會！

李昆翔找個僻靜角落，很快打開電腦，蘇茂賢自己也找一臺電腦，忙碌起來。

連上線，李昆翔發現對手，叫做公瑾的，早等著他了，公瑾還怪他太慢上線呢。

玩到一半，蘇茂賢也接到公瑾的LINE，公瑾問他要不要加入三國？

一邊的李昆翔看到了，一再慫恿，就這樣三個人展開了廝殺。

三個人昏天黑地的對打起來，完全沒注意到時間，正一分一秒的消逝中。

一直到蘇茂賢肚子咕嚕咕嚕的抗議，他才想喊停，但是公瑾不肯：

——不行！除非把我打死，你倆才能下線。

——啊！公瑾，你當你真是戰士喔？不用吃飯嗎？

——呵呵，我說過，贏過我，你才能下線！

——不要啦，告訴我，你的真姓名，吃過飯我會找你繼續廝殺！

——嗯哼！我姓周，叫做周郁。

李昆翔問著：

——真名嗎？

——當然！如假包換。

蘇茂賢插口，又問：

——你讀哪個學校？不會是跟我們同校吧？

——哈哈哈哈，聰明！被你猜中了，恰巧就是跟你們同校。

李昆翔把心裡疑問，打了上去，問道：

——你沒說謊吧？你都不必上課？一天二十四小時都在電腦前等候？

——哈哈哈哈，聰明！又讓你猜中了！

蘇茂賢打上字，問著：

——那，方便透露你的所在地嗎？

——Of Course！但是聰明的兩位，想不想猜猜看呀？

李昆翔和蘇茂賢，猜了幾個地方：網咖？家裡？同學家？親戚？朋友？

——錯錯錯！跟你們很相近唷！

兩個又猜是學校嗎？

——哈哈哈哈，我說兩位果然很聰明，沒錯！

李昆翔和蘇茂賢心裡大愣，同時想：

跟他倆同校？在學校？而學校只有一間電腦教室？不是嗎？

想到此，兩人陡然間呆愣住，不知道該說什麼，更無法再打字了！

忽然，電腦上，公瑾飛快的出現了一列文字：

——想到了嗎？沒錯！我就在你們的後面，怎樣？繼續玩嗎？還是要看我一眼？

他兩人記得一清二楚，電腦教室內，只有他們偷爬進來……

絕——對——沒——有——別——人！

李昆翔和蘇茂賢兩人，手心都冒冷汗，連額頭也像下雨般，流了滿臉的冷汗，他倆不敢再打字，像被人釘在原處。

良久，李昆翔微微側個頭，眼角往後瞥。

後面，最角落處有一臺電腦，發出微弱光芒，顯然那是因為有人在使用它，電腦桌前，現出一顆圓形頭頂。

這圓形頭頂非常像是方才，在教室外面所見的。只是，剛才有許多圓形頭頂，難道，表示這裡除了公瑾，還有許多……？

——兩位怎啦？李昆翔，不是說要贏過我？啊，很有豪情壯志唷！這會兒呢？

李昆翔咬咬唇，用發抖又潮濕的手，打字：

——拜託，請饒了我們。蘇茂賢被我害的，請不要嚇他。

他打錯了很多遍，刪掉，又重打。

——哈哈哈哈，想不到你很有義氣嘛？那麼，你以為我是什麼？怪物嗎？還是鬼？來！過來看我？嗯？

李昆翔手擱在電腦鍵盤上，無法打字，也不知道說什麼。

——你呀！你兩人真是蠢。告訴你們好了，我是人！很普通、很普通的一個人！

——真的？

——不信的話，去找跟你同年級六班，蕭彩虹問問，就知道！

李昆翔看到了，努力振起精神，用制服擦掉手中汗水，快速地打下幾個字：

——好！說定了，我會去問她。現在暫時休兵，下回再戰！

打完這串字，李昆翔也不等公瑾，不，他自稱周郁，不等周郁回話；電腦不關機，他忙起身，雖然雙腿很軟趴，但攸關性命，即使無法站，也得站；無法跑，也得跑。

看他起身，蘇茂賢急忙忙站起來，卻因又怕又緊張，重落下座位，李昆翔不敢回頭，只把手往後伸，拉住蘇茂賢，兩人狼狽的衝向窗戶，爬出窗外時，還跌得四腳朝天。

◆

腳步非常快速，近似迫不及待般，害蘇茂賢都跟不上了。

「喂！等等我，幹嘛走那麼快？」

「你不好奇嗎？」李昆翔回過頭：「他既然敢讓我們去找六班，什麼蕭彩虹，可見他是人！」

「這樣講，那天你幹嘛怕成那樣？」蘇茂賢小聲低嘀咕著。

「說什麼？我可是為你著想，我怕你嚇到了呢。」李昆翔還是聽到了。

「說也奇怪，如果他是人，他什麼時候進的教室？我們進教室之前，明明看到教室內一片漆黑。」

這正是李昆翔想不透的地方，再說，電腦教室裡有鬼，可已經是傳說了好幾年的事，萬一真的遇到……。

所以，逃出電腦教室，直到現在，李昆翔一而再，再而三的安慰自己——他一定是人！

這刻，就要證實了！原來蕭彩虹長得滿正的，她站在兩人面前，滿臉疑惑地看著他兩人。

李昆翔先簡單介紹自己，是二班的同學，接著就問：

「請問，妳認識一位，叫做……周郁的同學嗎？」

聞言，蕭彩虹漂亮臉蛋，驀地發白，顫抖著下巴，久久說不出話，還有，雙眼蓄滿盈盈水漾。

看她有些異狀，也擔心她不肯說，李昆翔故意說反話：

「怎樣呀？妳難道不認識他？」

「兩位，怎知道他？」

「嗯！」李昆翔支吾著，不知道該不該說出電腦的事，蘇茂賢閃閃雙睛，接口說：

「我們……是聽到一些傳言……。」

此話一出，蕭彩虹身軀搖晃著，她掩住臉，淚水奪眶而出。

兩個大男生，頓感手足無措，李昆翔接口道：

「妳不要這樣。我們因為跟他打三國，成了對手，他、他……很厲害。」

蕭彩虹抬起臉，雙睛射出異光：

「對！他喜歡玩電玩，尤其最喜歡周公瑾這腳色。你跟他……那是多久前的事？」

「這個……這個……。」

「最近的事！」蘇茂賢脫口而出。

「不！不可能！他、他在幾年前，就……。」接著，蕭彩虹泛淚，絮絮說出……。

原來，因為長得帥，周郁常常自比為周公瑾，沉迷於電腦遊戲，常常玩通宵。因為睡眠不足，上課途中精神不濟，被一輛超速又違規的小轎車撞死了！

李昆翔和蘇茂賢聽得瞪大眼，直覺認為這是蕭彩虹編的故事。只聽蕭彩虹繼續說下去……。

周郁頭七那天，託夢告訴家人，他沒有電腦玩很無聊。家人想辦法，請人糊了一臺紙電腦，燒給他。

他又來託夢，說電腦很好，但沒有電啊！

這種事，他家人沒轍了，蕭彩虹聽到後想到了個辦法，她拿張紙條寫說：你不會拿到學校去用？

寫完，蕭彩虹當著周郁的靈堂，焚化給他，這之後家人就沒有再夢見他了。

後來，蕭彩虹因為太想念他，立意跟他就讀同一間學校，這才進入這間學校！進學校不久，聽到同學間瘋傳校內電腦教室有鬼，她根本沒有聯想到周郁！

聽完，兩人久久無法說話！

是蘇茂賢好奇，問蕭彩虹，是否有他的相片？

蕭彩虹掏出口袋內小皮夾，拿出周郁相片，真的，相片中人英姿瀟灑，想不到英年早逝。

辭別蕭彩虹，回到教室途中，李昆翔低聲說：

「唉！你知道，歷史上，周公瑾也是英年早逝啊！」

「這……巧合吧！」蘇茂賢低聲道。

◆

李昆翔不敢在在電腦教室上網玩電玩，然後一下了課，他也盡量早早離開，不敢單獨留在電腦教室裡。

但是，喜歡玩的潛意識，讓他不得不想個辦法——就是在家裡玩。

這一晚，做完功課已經很晚了，照說是應該上床，他看一下壁上的鐘，估量只玩半個小時，應該OK的吧！

他也很聰明，不想玩三國，就是怕它會靠過來，因此登錄的是另一款遊戲，才登錄腳色不久，有一位玩家LINE他，請求跟他對打。

他想，絕不會這麼衰，又遇到它吧？猶豫了一會，李昆翔答應了！

兩人這便對打起來，誰知這一玩，竟已超過半小時，將近十二點。

李昆翔的媽媽——呂秀蘭習慣早睡，她睡到半夜，起床如廁，經過客廳，忽然聽到很響的鍵盤聲。

一看壁鐘，已經十二點多，便轉向兒子房間，悄悄打開門。房內的燈，關了，可是響亮的鍵盤聲，就是從這裡傳出來。

房裡，一片黑魆魆，電腦透出微光，由門縫中，她看到一幅奇怪影像——房內有兩臺電腦、兩張書桌、兩個人，兩個人面對牆壁的書桌，所以呂秀蘭看到兒子李昆翔和另一個同學的背影。

呂秀蘭不可置信的揉揉眼睛，皺著眉頭，再看清楚——真的，是兩個背影！那另一個背影，也是穿著同校制服，呂秀蘭很不高興，兒子怎可以偷偷留同學在家裡，玩電腦到三更半夜，又沒告知她？

她清一下喉嚨，正想出聲，忽然這道背影，在她面前起了急速的變化——就像演無聲電影似的。

原本是平順的制服背影，倏然間歪七扭八，緊接著像被重擊到般，制服整個隆起又凹陷，然後制服破裂了，由破裂處，猛然噴出一股股的血水，血水滲透整件制服。

從沒遇到過這種事的呂秀蘭，驚詫的摀住嘴，身體都不自覺的戰慄不已。

接著，這個背影和椅子，整個轉過身面向著呂秀蘭！

它臉不像臉，七孔不像七孔，整個被割裂得破破碎碎，血肉模糊。

因為房內空間不大，靠太近，呂秀蘭清楚看到它臉上，兩顆眼球突出掉出來，搖晃的掛著，臉上皮肉綻開，翻開的皮下，露出紅、藍、綠、白數個顏色，紅的是血、綠的是神經膿水、白的是脂肪、藍的是……。

呂秀蘭喊不出聲，再也承受不住，雙眼一閉，軟軟的倒了下去。

在此同時，李昆翔的電玩，正玩得超激烈時，對手忽然打出一串字：

——知道我是誰嗎？

——管你是誰，只要贏過你就好！

——哈哈哈，只怕你永遠無法贏過我囉！相不相信？

——不信！

——那，你去找過蕭彩虹沒？

看到這字，李昆翔心口「咚」地一跳，打字的手，頓住了。

——猜出我是誰了？你以為，不玩三國，我就找不到你？

李昆翔玩電玩的興致，由沸騰騰一下子降到冰點。

——哈哈哈，不管哪款電玩，我照樣是行家！

李昆翔心裡升起數個字：陰魂不散。反正看不到它，他沒在怕，打上字：

——你在哪？不要再流連學校了。

李昆翔尚未打完字，對方飛快出現一列字：

——在你家！

——不要亂說，你不知道我家。

——哼！哈哈哈哈，不逗你了，趕快回頭照料你媽！

李昆翔差點打上髒話，但繼而一想，扭回頭一看，房門赫然大開，媽媽就躺在他的房門口！

李昆翔驚詫得來不及關電腦，立刻起身，在他轉身之際，乍然看到面前一團近似氣體物，只有不清晰的像人狀般的輪廓，其他都是模糊一片。

這事過後，李昆翔從此不再玩電遊！

紙娃鬼

第九章

這是一間校址位於偏僻的鄉間學校的真實事件。

之前，老師們就曾傳說一些奇怪的事件。

據說事情是這樣的……。

有一天，王老師在教職員辦公室加班，到了晚上十點，其他人都下班了，只剩下王老師一個人。

工作結束後，王老師喝口水，收拾好桌上的東西，無意間抬頭，看到敞開的教職員辦公室門口，站了個女生。

這個女生像是國小的低年級生，留著現在少見的妹妹頭，齊眉瀏海，她好奇的探頭，窺望著教室裡面。

「妳是誰？哪個班的？」

小女生微微一笑，沒有答話。

王老師已經收拾好桌面，起身拿著包包，又問：

「妳幾年級呀？」

小女生露出白色牙齒，抬腳踢一下辦公室的門。

王老師有點訝異，學校內的學生，通常都是住附近的，是鄉下樸實人家的孩子，大都很乖，很守規矩，沒見過這麼調皮的。

王老師有點不悅，他往教室門口走，小女生朝他露出詭詭的笑，等王老師快接近了，她突然轉身，奔向走廊，王老師追在後面，一面追一面喊：

「喂！妳不要跑！」

王老師還年輕，照說腳力算不錯，但無論他如何加快速度，就是跟小女生保持一段距離，始終無法追上她。

小女生飛快的轉向右邊，王老師心想：

這下好了，看妳往哪跑！

走廊盡處，右轉是樓梯，樓梯上去第一間教室，是工藝教室。

樓梯是兩折式的，在兩折之中，會有一道鐵柵門，鐵柵門間隙很密，就算是小嬰兒，也絕難鑽得過去。平常下班後，這道鐵柵門都會上鎖。

王老師氣喘吁吁的跑到走廊盡處，奔上樓梯，到了樓梯的轉折處，他停住腳。

這麼晚了，樓梯燈早已關了，但靠著外面稀暗的路燈，還是可以看得到。

王老師發現小女生不見了，心想：怎可能？

「嘻……。」

忽然，一個細嫩笑聲傳來，王老師循聲望去，小女生就在鐵柵門的那一邊，對著他，露出詭詭的笑。

再一轉眼，王老師看到鐵柵門上，上了厚厚的鎖，他不覺倒抽口涼氣。

吞嚥了幾口口水，王老師雙睛望住小女生，腳步緩緩往後移，移到樓梯處，他沒命的，半跳躍式的奔下樓梯，還差點摔下來。

心口劇烈跳動著的王老師，回到教職員辦公室，關燈、關門、上鎖。

他不想走剛才的走廊，卻往反方向的走廊而去，這會，他已經鎮定許多了。

走到一半，他沒注意這是什麼教室，只聽到教室內，傳出桌椅「喀噠！喀噠！」聲響，好像有人在搬弄桌椅，或奔跑玩耍聲。

這會，他沒想到去開門，只俯近教室上的玻璃窗，望進去，搬弄桌椅聲音，戛然而止。

教室內一片漆黑，不過，外面投射進來的青白色路燈，讓他可以看到裡面。

幽幽燈光照射下——就是她！剛剛那位小女生，獨自站立在教室當中，向著王老師，露出詭詭的笑。

據說，第二天，王老師請了病假，沒來上課。

學期結束後，王老師就離開這間學校，轉到別個學校任教。

◆

究竟這個小女生，打哪來的？或是之前發生過什麼事？老師們全都不明所以。

因此，下課後若有工作尚未完成，老師們忙到八九點之前，就會下班，就是加班也盡量不要留太晚。

許雅琳今年升上小五，原本就瘦弱的身軀，不見長高，卻反而更嬌小，說話時常顯得有氣無力。

可能是體能的關係，體育課時，她都獨自一個人留在教室，沒有跟其他同學一樣，上操場蹦蹦跳跳，因此她蠻羨慕同學。

等同學們回到教室，她都喜歡問座位跟她在一起的幾位同學們：

「黃愛月，老師今天教什麼？」

「沒有呀，老師讓我們打躲避球。」

萬又婷和另一位男生——馬紹章湊近來，與高采烈的加油添醋：

「哇！真好玩。」萬又婷說：「我跟馬紹章是一國的，他很厲害，我們都被打中，輸了，最後靠他一個人又贏了。」

「沒啦！嘻嘻，球來了我就躲啊，就這樣而已。」馬紹章靦腆的紅了臉。

「哼！本來我們這一國可以贏的，都嘛是馬紹章害的。」黃愛月不悅地接口。

許雅琳聽得嘴巴張得大大地。

「下次，妳也來玩，」萬又婷向說許雅琳說。

許雅琳臉色黯了下來，不說話。黃愛月問道：

「許雅琳，妳在教室都在幹嘛？」

「喏！這個！」

許雅琳拿起桌上的一個紙娃娃，那是一種可以換穿許多衣服的紙娃娃，黃愛月和萬又婷湊近前，入目之下，齊齊發出驚嘆聲。

「哇！好可愛的娃娃，啊，這件是宴會服好漂亮。」

「我喜歡這件野餐服，看！還有一只小籃子。嘿，妳這個很貴唷？」

許雅琳身體不太好，不適合動態遊戲，她爸媽很捨得買些靜態的玩具讓她高興，這在鄉間，可算是高檔玩具了。

「我以前的娃娃更多，」許雅琳得意的說：「有布娃娃，還有塑膠的，有的我不知道是什麼做的，不過都很可愛。」

「真的？哪一天帶來給我們看？」

「嗯，好呀。」

紙娃娃印刷很精美，連男生馬紹章都喜歡呢。想想，許雅琳又說：

「不然這樣吧，哪一天妳們一起到我家來看，太多娃娃了，我帶不動那麼多。」

黃又婷和黃愛月齊聲說好，馬紹章問：

「我可以去嗎？」

「可以呀！」

「哈哈哈，男生愛娃娃，好奇怪。」黃愛月取笑說。她最喜歡跟馬紹章對槓。

馬紹章立刻擺上臭臉，也想回懟她，這時上課鐘響，老師踏進教室，大家才回各自座位。

「同學們，這一節是工藝課，大家收拾好書包，跟老師到工藝教室。」

林老師說完，同學們興奮的忙碌起來。

工藝教室在前一棟，教職員教室的二樓，林老師要同學們禁聲，帶領著他們，浩浩蕩蕩往前走，到前一棟的走廊盡處，開始上樓梯。

◆

工藝教室比一班教室寬敞，裡面堆著各式各樣的教具、材料、工具，簡直像間儲藏室，不過這些東西堆放在教室後面。

同學們聽過林老師的講解，拿起發下來的材料，開始忙碌著。

忽然，林老師揚聲喊道：

「喂喂！許雅琳，妳幹什麼？」

同學們聞聲，一齊抬頭，看到許雅琳走到教室門口，正要出去。

她被林老師一喊，整個人像突然清醒般，渾身一振，但還是呆立著，徐徐轉望林老師。

「想上廁所嗎？要跟老師說一聲才可以呀。」

「我……。」

「怎麼？有什麼問題？」林老師看到她的左手，往前略垂伸著。

緊接著，許雅琳扭頭，往下看一眼她的左邊，好像她左邊有什麼物事似的。

「來來，回來，跟老師說，妳想幹嘛？」

「我……。」許雅琳猶豫著，左手動了一下，很輕微。

林老師有點生氣，平常許雅琳是乖乖牌學生，這會竟然敢不聽她的？

「回來！」林老師口氣不悅，提高聲音。

許雅琳動一下身軀，似乎想往回走，可是左手再次動了一下，使她不得不停駐身軀。

林老師站起來，再次向許雅琳喊話，要她回自己座位。

「老、老師，她……」許雅琳右手指著左邊：「她叫我跟她去……。」

林老師聽了，怔了一下，旋即回過神：

「胡說！誰叫妳跟她去哪？回來！」

「是真的啦，老師妳看，她拉住我的手，不肯放。」

林老師臉色微變，生氣也不是，想罵也不是。

這時，萬又婷開口道：

「老師，一個小女生拉住許雅琳的手。」

「亂講！同學們，有人看到嗎？啊？」

同學都停下手，有的點頭、有的搖頭、有的沒反應。

深深吸口氣，林老師跨步走近許雅琳，一把拉住許雅琳，近似粗魯地，將她拉回，讓她坐到座位上，這會，她的左手已恢復正常。

一節課，終於安然上完，下課時林老師特別注意許雅琳，但看她完全沒有異狀。

回到教職員辦公室，林老師跟同仁們說起這件事，另一位體育老師插口，說：

「許雅琳喔？是不是長得特別瘦小，講話聲音不高？」

林老師點頭：「真是傷腦筋，看起來乖乖的。」

「我知道她，聽說她身體不好，從小就體弱多病。」

「她有病？」

「我是聽說，什麼病我不知道，她家人跟學校反應，特許她不必上體育課。」

「呀？有這種事？」

「既然有病，當然跟一般小朋友不太一樣囉，妳就別掛在心上。」

林老師這才理解的點頭。

◆

一群小朋友圍著許雅琳，紛紛詢問：

「剛剛真的有個小女生拉住妳嗎？她要拉妳去哪裡？」

「她誰呀？想做什麼？」

許雅琳搖頭，另一波人則問：

法。

「她是妳妹妹嗎？很可愛耶。」

「她一點都不怕老師？她跟妳說什麼？」

「她怎會跟我們一起進工藝教室？剛上課時，好像沒看到她。」

「她從哪來的呀？」

許雅琳還是搖頭。

因為有些人看到小女生、有些人卻沒看到她，難免就會有不一樣的說法、問法。

事實上，當時許雅琳也頭昏昏的，不太明白怎回事，因此同學們的問話，她無法回答。

過了幾天，下課時受到許雅琳邀約，黃愛月、萬又婷和馬紹章，跟著她去她家參觀。

許雅琳獨自睡一間房，她房內桌子、櫃子、床頭、牆壁玻璃窗，滿屋滿坑，都是娃娃。

這許多娃娃，有布料縫製、有手工打造、有買現成的，材質多的不得了，當然其中不全是女娃娃，也有幾具男娃娃。

三個同學，看得嘖嘖稱奇，索性玩起娃娃遊戲了。

讓許雅琳意外的，是馬紹章，居然玩得比她們三個女生都棒，當他耍弄男娃娃，替娃娃出聲說話時，非常細膩，又有條有理，男娃娃被他耍弄得幾乎像活脫脫的真娃娃，三個女生自嘆弗如。

總之，這天他們玩得非常高興，最高興的，要數許爸爸和許媽媽，許雅琳自小身體不好，難得看到她這麼高興。

幾天後的午休，黃愛月和萬又婷走到許雅琳座位旁，看到許雅琳專注的伏案，黃愛月問：

「妳在幹什麼？」

「嗯。看！漂亮嗎？」

原來，這陣子許雅琳迷上了剪紙人，這會她正專注地替紙人畫上五官，剛好畫完成了，她現出作品，給兩位同學看。黃愛月訝然道：

「喔！妳好厲害，會剪紙人。」

「這沒什麼。」許雅琳笑笑。

萬又婷驚聲道：「唉唷！妳畫得這個，很像她！」

「嗯？妳看出來了？」許雅琳笑得更開心了。

「像誰？」黃愛月忙問道。

「就是那天，在工藝教室裡的小女生呀！」萬又婷拿起紙人，端詳著。

其他同學聽到了，都靠近來看，曾看到那個小女生的同學們，驚呼連連，都說太神似了。

沒看到過小女生的，也擠過來看。但，竟然沒有人認識她。

「同學們上課了！」老師踏進教室，說。

同學們聽到，紛紛回自己座位，老師看到大夥圍住許雅琳，便問他們看什麼。

當老師看到許雅琳的紙娃娃時，驀地神情大變，但他瞬即恢復，口吻平常的說：

「喲！都這麼大了，還玩紙娃娃？拿掉！」

「不！」許雅琳動作快速的收進她的抽屜內，這可是她的寶貝吶！

過了幾天，許雅琳請假沒來，之後她陸陸續續請假，有時候，來學校一天，就休息個兩三天，有時候，甚至一個多禮拜都沒來上課。

同學們問她，她氣息虛弱的說她生病了，去看醫生。

同學問她什麼病，她也語焉不詳，畢竟是小孩子，哪會懂這麼多？

醫生囑咐她必須多休息，是她吵著要來上學，許媽媽才勉強讓她來，有時候，許媽媽陪著許雅琳上下學。

雖然病體衰弱，許雅琳卻依然沉迷在剪紙娃娃中，而且，因為沒來上課，空閒時間更多，她剪更多的紙娃娃，一來學校就分送同學們。

之後，很長一段時間，許雅琳都沒再來學校。

一天下課後，同學陸續走了，萬又婷離開教室，當她在走廊時，忽然強烈感覺到身後有一雙灼熱眼神。

她無意間回頭，赫然看到那個小女生，朝她微微一笑。

萬又婷吃驚極了，她走向小女生，問：

「妳什麼名字？啊！妳……。」

小女生突然轉身就走，萬又婷追上去，想拉她的手，她步伐不快，但始終跟萬又婷保持一段距離。

「嘿！別走！等等我。」

萬又婷追上去，一個小五生，居然跑輸一個看來像小一、小二的同學，真覺得有夠嘔！

萬又婷像在跑田徑賽，卯足全力，可惜始終無法追上她。兩人一前一後，轉向前棟的角落，往樓梯跑上去。

樓梯上第一間教室是工藝教室，因為今天沒有工藝課，兩折式的樓梯，半折處的鐵柵門，早已關上，還上了鎖。

萬又婷氣喘吁吁的拉住鐵柵門，撥弄一下鎖頭，就奇怪，小女生不是上了樓梯？怎麼不見了？

「氣死人！」吐出這句話，萬又婷轉身就要下樓，忽然……。

樓上有聲音，很微細卻很清晰。她轉身，望向樓上。從鐵柵門空隙中，她看到樓梯頂上，也就是樓上的地板，矗立著兩個人！

一個是小女生，另一個是許雅琳，兩個人狀似親密地手拉著手，低眼望著萬又婷！

萬又婷這一驚，非同小可，她揚聲喊道：

「許雅琳！妳怎麼被關在上面呀？這是怎回事？」

萬又婷記得許雅琳很久沒到學校來了，為什麼這時，會在二樓教室？

許雅琳淡然笑笑，跟著小女生，手牽手，轉身往工藝教室方向而去。

「等一下！等一下！許雅琳，不要走！我……。」

兩個人已經消失不見了，萬又婷猛力拉著鐵柵門搖晃，一直喊著許雅琳名字，卻無計可施，最後她大喊道：

「許雅琳！妳等等我，我去找老師來開門！」

說罷，萬又婷急匆匆地下樓，奔向教職員辦公室，喘吁吁的向林老師報告，許雅琳被關在樓上。

「怎麼會呢？我記得許雅琳請假，沒來上課呀。」林老師說

「不不不！老師，我剛親眼看到她。」萬又婷仔細說了一遍剛剛所見。

老師很意外，而負責鎖鐵柵門的老師也是不可置信，她明明巡視清楚，都沒有人了才上鎖，但萬又婷卻言之鑿鑿，看她急促的樣子，不像說謊呢。

最後，老師拿著鑰匙打開鐵柵門，進入工藝教室再檢查一遍。

這時候，天色已經灰暗下來，整間教室暗濛濛地，教室後面的教具、材料、道具，看來詭譎極了——好像，後面藏了什麼東西。

萬又婷沒有害怕的感覺，因為是小朋友，沒想得那麼多，可老師就不同了，關於校內的各種傳言，老師可是口耳相傳啊！

老師打開燈，室內頓時明亮起來，驅逐了不少詭異感，但……。

當燈一明一暗之際，萬又婷看到教室最後面中央，一排掛著的美術紙，無風自動，於是，她幾乎是疾步，走向後面中央。

◆

老師放眼向前，看到教室後面，最右邊角落，豎立著的一排布簾，底下竟然有一雙腳！

老師心口一震，想：莫非真的還有同學，留置在教室裡？

因此，老師步伐很快，向右邊角落而去。

萬又婷一面走，一面出聲喊著：

「許雅琳！妳在哪？趕快出來，許雅琳！」

走近教室後面的中央，萬又婷掀開那一排美術紙，入目之下，不覺「呀！」了一聲。

話分兩頭，當老師走到一半時，布簾底下的腳，竟然縮了回去，這一來老師更篤定了，一定是同學怕被老師找到，想躲。

走到布簾處，老師撥開布簾，探頭往內望去，這一看，老師出聲尖叫一聲：

「啊——。」同時，她放下布簾，退了一大步。

兩人一同揚聲叫出來時，教室的燈光，倏地一閃，隨即暗滅掉了。

整間教室陷入一片黑暗中，但是外面微弱的天光，從窗口投射進來稀薄的一點點黯淡光芒，反令人產生詭譎之感。

「老、老師、我……我怕……」聲音非常細嫩。

老師聽到了，以為是萬又婷的聲音，她立刻說：

「來！過來老師這邊。」事實上，老師心中也忐忑，可是總不能讓學生知道她害怕呀！

老師話說完，布簾突然由內被掀開，一道小小人影，很吃力的走出來。

「萬又婷！萬……。」老師低聲呼喊著。

「老師，我在這裡……，老師，我、我怕……。」

老師循聲低頭望去，嚇！說話的是那隻小小的紙人，走路很吃力，它一瘸一痾的拐向老師而來。

老師忍不住驚聲低喊，往後連退數步，卻突然撞上身後的一團溫軟東西，老師更驚嚇的高喊出聲。

「老師，是我啦！」是萬又婷？

「妳？妳怎麼在我身後？妳剛剛說話了嗎？」老師還想確認的問。

「沒有！」

「那……是誰在說話？」

「老師，聽那聲音，像是許雅琳呀！」

「她、她人呢？」老師驚魂甫定的看萬又婷、又轉望向前，噫？紙人呢？

「沒看到。老師，妳看，」萬又婷伸出手，手上握著一張紙娃娃的手：「它剛剛跟我招手，我好像認得它。」

老師伸手拍掉萬又婷手中的紙娃娃，紙娃娃禁不住這一拍，整個飄落在地上，手臂斷了，手還讓萬又婷握住！

「啊——，老師，妳幹嘛？這是許雅琳……。」萬又婷大叫著，想蹲下去撿紙娃娃。

老師張著口，不這樣大口呼吸，她擔心自己會昏倒，忽然一個細嫩聲傳入老師耳中，她轉頭看。

是剛剛那隻紙娃娃，原來它剛剛平躺回地上，這會它又站起來，一瘸一瘸的走向老師：

「老師……我痛……我怕……老師……。」

萬又婷扭頭，望向紙娃娃，皺著眉頭：

「許雅琳！雅琳！是妳嗎？」

老師再也忍不住，不由分說，拉起萬又婷，轉身大跨步直奔出教室。

萬又婷掙扎著，叫道：

「老師，不要走，許雅琳在叫我。」

「不要亂講，這裡沒有人。」

說著，老師轉回頭，看到陰暗的教室中，剛剛那個小小的紙娃娃，朝她們伸出紙手臂，一瘸一瘸的追上來。

老師扭回頭，朝教室門口外，步伐更疾快地逃之夭夭。

◆

上課鐘響，林老師向同學們宣布，昨天的那位老師請病假，今天的工藝課，由她代課。

於是，林老師帶著同學們，進入二樓的工藝教室。

因為林老師不是專業工藝，她只教大家一些簡單的勞作，她看來有點心不在焉，同學們開始動手後，林老師叫萬又婷過去。

兩人到教室最後面，林老師問起昨天的事，萬又婷鉅細靡遺地述說，兼還比手畫腳。

林老師一面聽一面掀開布簾，看了看。又到中間一排美術紙，細細檢視著：

「妳說，妳聽到許雅琳的聲音？」

「嗯！對！我沒有聽錯！」萬又婷跟著走到左邊。

「可是老師說，教室內都沒有人，聲音打哪發出來？」林老師說的，是請假的工藝老師。

萬又婷四下找找：「是一隻紙娃娃，可是紙娃娃……怎會不見了？」

林老師攏聚著眉頭，昨天那位工藝老師也這樣說，但她根本不信！

後來，萬又婷在左邊角落，看到幾隻紙娃娃，她小心撿起來，遞給林老師：

「老師，找到了，原來它在這裡。」

林老師接過來，其中一隻紙娃娃，斷了一隻手，它們的剪工、畫工很粗糙，再仔細一看，嗯？紙人的眼睛，栩栩如生，還閃閃躍動。

林老師恍如被吸住目光，盯視久久，忽然耳際傳來微弱的呼聲：

——老師……我痛……我怕……老師……。

林老師一愣，醒悟過來，不覺放開手，紙娃娃散落到地上。萬又婷忙彎身撿起來，只聽到林老師問：

「剛剛是誰在說話？」

「唔，沒有呀。」

林老師輕吸口氣：「好了，趕快去做勞作。」

萬又婷捏著紙娃娃，回到座位，馬紹章和黃愛月同時湊近她，現出手中的勞作，得意的說：

「看！我剪的紙娃娃，怎樣？」

「看看我的，我的才好看！比許雅琳的漂亮囉！」

萬又婷聳聳肩，把手中紙娃娃給他倆看：「看看，這是誰剪的紙娃娃？」

三個人的說話聲，引起林老師注意，她走近來猛然發現，幾乎有三分之一的學生，手中勞作都是在剪紙娃娃！

林老師忽想起昨晚，那位工藝老師蒼白著臉，抖簌著嘴唇，幾乎語不成聲的敘述。

林老師回到前面講臺，拍拍手，向同學們說：

「各位同學，老師不是要你們剪紙娃娃好嗎？你們可以剪其他的，像動物啦、物品啦或者你們喜歡的東西啦。」

同學們無言地抬起頭，但是林老師發現，他們眼神近乎呆滯，可是閃躍的眼瞳，就跟剛剛看到紙娃娃的感覺，是一樣的！

林老師不想再多說什麼，只希望能捱過這堂課。

「跟妳們講，昨天許雅琳來我家。」馬紹章低聲，向黃愛月、萬又婷說。

「啊！真的？」萬又婷睜大眼。

「我昨天夢見了許雅琳。」黃愛月也說：「她要送我紙娃娃，可是她之前不是送給我了？她說這次的不一樣。」

「我看，哪一天，我們再去她家。」

「好呀！好呀！」

三個人似乎都承諾了個共同心願般，高興的拿起紙，繼續又剪著紙娃娃。

◆

半個多月後，一天上午，林老師正在上課，許媽媽出現在教室門口，林老師叫同學們先看書，她走出去。

林老師和許媽媽在外面談了好一會，林老師又進教室，眼眶紅腫著：

「同學們，老師要向各位宣布一件……不幸的事。」

原來，許媽跟媽林老師說，許雅琳患了先天性心臟病，半個月前，已經走了！

她走之前，還心心念念她的紙娃娃，最後，她緊緊抱住她那盒紙娃娃，嚥下最後一口氣前，跟許媽媽說——她很想念學校，還有，她會跟紙娃娃一塊生活。

到底，許雅琳是因為心臟病病故？還是就讀的學校內的……不明東西帶走她？

沒有人知道，也沒有人會去追究！

林老師算一下時間，發現萬又婷來找老師去開鐵柵門的那天，許雅琳已經死亡了三天！

所以，萬又婷看到的，絕不是許雅琳！

但，也可能是許雅琳來過學校！

林老師原本跟許媽媽說，要同學們去她家祭拜一下許雅琳，許媽媽善意的拒絕了，她看到同學，會更想念她的女兒。

林老師想，這樣也好，因為萬一同學們去祭拜許雅琳，許雅琳又跟著同學們，再回來學校，那……好嗎？

事實上，林老師的擔心是多餘的，如果說許雅琳要來學校找同學，她能禁止嗎？禁止得了嗎？

又過了將近一個多月，一天下午最末一節課，因為氣候正醞釀著西北雨，整片天空，暗得像晚上，教室的燈，開亮著。

上課到一半，萬又婷忽然哽噎，哭泣起來……。

林老師吃一驚，忙問她怎了？身體哪裡不舒服嗎？

萬又婷淚流滿面，指著教室外，斷續地說：

「她……許雅琳……在教室外面，她……我看到她了……。」

教室內所有的同學，包括林老師，不約而同轉望向教室外面……

教室外面，當然空無一人，但一道小小的、灰暗暗的紙娃娃鬼影子，被投射在教室門口地上……。

細思極恐的
校園鬼話

第十章 無解

陽明山是一座陰山——這說法流傳已久。

只是，有些人知道；有些人不知道；還有些人不信。

畢竟，陽明山可算是一處挺不錯的觀光景點，到山上賞花賞美景、吃美食、運動。

白天的景觀，跟夜裡的感覺又不一樣，所以無論何時何地，陽明山都是個超棒的景點。

到底陽明山是陰山？還是陽山？端看個人觀感了！

劉容華就讀山上一間學校的夜間部，她和幾位同學是麻吉，這群麻吉，有時會在下課後，下山回家時，一起吃宵夜。

甚至會在假日，一塊約去郊外踏青玩樂。

不過，話說回來，學校算是公共場合，無論校內校外，任何人都可自由進出——包括有形、無形的……。

一天，幾位麻吉到校後，離上課時間還早，便習慣性聚在一塊聊天，不知怎的，說著說著，竟聊到恐怖的事件去。

王世昌忽然滿臉嚴肅，聲音低沉下來：

「我就遇到過很奇怪的事情。」

何宜鳳聞言，馬上湊熱鬧的問：

「真的？在哪？說來聽聽。」

劉容華笑了，糗著何宜鳳：

「沒看過妳這種人，又怕又喜歡聽鬼故事。」

「嘿，先聲明，我這不是鬼故事，是我真正遇到的怪事。」

另兩位男生，興致勃勃的催王世昌趕快說，到底是什麼奇怪事件？還有地點呢？

「地點就在我們學校裡，真的！到現在，我還想不出來，這到底是怎回事？」

以下，就是王世昌的際遇……。

他上下課都是騎摩托車，有一天他提早到學校，五點天色還很亮。他騎到半山腰，忽然聽到「碰」一聲，他吃一驚，車速頓然緩慢下來。

因為，之前幾天曾下雨，他擔心會是土石或石塊滾下大馬路。

接著，王世昌摩托車停下來，他轉頭前後看看，這時大道上車子不多，只有幾輛小轎車開上山。

山上有時會有爬山的人經過，可這會周遭不見任何人影，靠山的這面，也沒看到什麼石塊或土石之類的往下滑。

於是，他繼續騎車，就在他轉回頭之際，忽然眼角看到左邊半山腰，有一塊東西，飄呀飄地。

他瞪大眼再看清楚，嗯，是一塊綠色碎花斑紋的布，掛在樹梢隨風飄搖。

扭回頭，王世昌加速，以便摩托車往上騎，騎不到五秒，突然……他車子後座，明顯的往下一壓，就好像有人坐上車後座似的，再明顯的往上，輕輕彈回。

緊接著，他的摩托車，變成非常吃力的往上爬坡。

而剛剛，他的車子可騎得順暢，速度也不慢，這會兒……不會是車子壞了吧？王世昌車速又慢下來，低頭看一眼車子，車子看來很正常呀。

是錯覺吧？王世昌沒想很多，繼續往山上學校騎。到了一個轉彎處，必須前後瞻顧，無意中，他瞄到車子後視鏡，竟然有道身影，穿著綠色碎花斑紋的衣服，大大方方地坐在他的後車座上！

嚇！他真的嚇一大跳，驚慌地回望，咦？沒有人呀！

「叭——。」

突然響起一聲刺耳巨響，王世昌急忙轉回頭，哇！原來他車頭偏向左，就要跟對向一輛大巴士撞上！

王世昌心膽俱裂，急急轉回車把手，就在千鈞一髮之際，他驚險閃過大巴士。

王世昌一路放緩車速，一路心驚膽戰的騎到學校。

剛剛那一幕，差點要了他的命，停妥車子，準備去吃晚餐，他失魂落魄地，竟然不知道要吃什麼？在眾多店家外面徘徊了許久，隨便踏進一間小店。

為了替自己壓驚，他多點了一瓶罐裝啤酒和著一碗麵，吃完後，他好過了些。

◆

結帳時，一個人哭喪著臉，跨進店裡，他好像是店家老闆朋友，手上拿著一張相片，兩人談起話來。

內容大約是這樣，有人替這個人介紹女友，他看了照片很喜歡，馬上要求跟女方見面。

「衰爆了，我！」

「怎啦？見面吃飯，很好很正常啊？紅鑾星高照，幹嘛說衰爆？」店家找錢給王世昌，嘴裡向這個人說著。

「我們約好下個禮拜去飯店用餐，三天前對方打電話來，跟我說女方發生車禍，死了！」

店家突然哈哈笑道：

「太扯了！有這麼巧的事？」

「你說，我不是衰爆了啊！」

王世昌拿了錢，往外就走，忽然他頓住腳步，倏然轉身，向這個人說：

「我可以看看您的照片嗎？」

這個人二話不說，很快遞出手中照片，入目之下，王世昌背脊竄起一陣寒！

照片中的女孩，笑得燦爛又可愛，她身上穿著一襲綠色碎花斑紋的洋裝！

「你、你……。」王世昌想說話，又說不出話，聲音哽在喉嚨。

「怎樣？很漂亮吧？唉！真是紅顏薄命。」

「你、你……，她……怎麼死的？死在哪裡？」

這個人搖著頭，滿臉灰敗：

「我剛剛說了，她發生車禍死了，死在哪裡就不知道，我沒問對方，唉！無緣哪！」

踏出店家，天色已經暗了下來，回學校時，經過摩托車，王世昌看一眼車後座，心口還是陣陣發冷。

忽然，他看到校園角落，一棵扁柏樹下，站著一個女生！

幾位同學，走在王世昌前面，可是經過扁柏樹下，頭都沒轉地筆直朝前走──那樣子，像完全沒看到樹下有人。

應該是校內同學吧？──王世昌沒有多想，繼續往前，快到扁柏樹下，王世昌忽聽到一聲淺笑：嘻……。

王世昌步伐沒停，臉微側，看一眼樹下女生。

這女生有點眼熟，但王世昌可以確定，他不認識她！

但是，她身上穿的衣服，綠色碎花斑紋的洋裝……。突然，王世昌大叫一聲：

「啊哇——」同時，他整個人向旁邊側歪，跳出一大步！

因為他想起來了，這女生不就是剛剛在店家裡面，看到的那張照片的女生嗎？

王世昌臉色發白，頭不敢亂轉，眼不敢亂看，腳步踉蹌，歪歪斜斜地直奔向教室。

「啊！難怪，」男同學林玉柱道：「有一天，我看到你進教室時，滿臉刷白、刷白的。」

劉容華和何宜鳳雙雙頷首，她倆也記得那一天，看到王世昌怪怪的。

「嗯！就是那天，我嚇死了，有沒有！我那天還硬要跟著趙可順一塊騎機車下山。」

「唉唷！你不早講，」趙可順道：「你要早講，我……。」

「你怎樣？難道你可以驅鬼、趕鬼、抓鬼？」林玉柱說著，伸長兩手，五爪彎鉤，做出抓鬼樣，大夥笑歪了。

「我始終搞不明白，我跟她毫不相關，既不認識她，又沒有害她，幹嘛找上我？」

劉容華曾加入社團，研究關於心理方面的問題，她接口說：

「我覺得這是一種心理病，剛開始你看到一片布，也許是眼誤，也許是光線的關係，後來又看到照片，就那麼巧，聽到這起事件，照片上的人，剛好又穿這種服色洋裝，造成了心中的肯定，在不知覺間，因為心中的懼念，會把幻象當作實景，所以，很多人沒看到，就只有你自己看到幻象。」

劉容華的心理學，處於研究階段，到底是不是如她說的？誰也說不準呀！

這時上課鐘響，大夥結束談話，上課去了。

下課後，同學們嘰嘰喳喳，相約一起去吃宵夜，於是王世昌、趙可順、林玉柱三輛摩托車，加上何宜鳳載劉榮華，共四部機車，一路轟吼著，往山下而去。

對於方才的鬼故事，沒人放在心上。

◆

剛開始，王世昌覺得劉容華的心理論調，很有道理。可是過了幾天後，他立刻推翻了她的論調。

只是，王世昌沒有說出來，畢竟這個不重要，重要的是……。

這一天，因為王世昌有點事耽擱，上學有點晚了，尤其山上天色暗得快，他車子騎到半山腰，轉過彎時，遠遠的，一個人站在大道上，伸長手，想搭順風車。

王世昌以為是校內哪位同學，不然往山上也有公車，交通非常方便的，不認識的人，誰敢隨便搭順風車？應該也不會有人載吧？

緩緩的，王世昌的車速慢了下來，停在這個人面前。嗯？是個女同學，果然讓王世昌猜中了，她說她是學生，想搭順風車。

既然停車了，就是願意載她囉，女生上了後車座，王世昌繼續往前騎。

這會，山上更暗了，王世昌不經意地看到後座……。唔哇！後座沒有人吶！

剛剛的女生呢？摔下車去了？不可能呀？摔下去會有聲音，難道她不會喊救命嗎？

車子頓然停在路邊，王世昌雙腳跨在地上，回過頭。

「怎麼了？」

咦？女生還好端端的坐著？

「呀！沒事，我……」王世昌拍拍車子油箱，尷尬表示是油箱問題才停車。

女生「噗哧！」一聲，笑了，說道：

「需要加油嗎？待會到加油站，我可以幫忙出點油錢。」

陽明山上，有一處加油站。

「不不不！不是這樣，油箱的油很多，不必加油。」

說完，為了表示油箱很滿，王世昌讓車子風馳電掣的向上衝。

這一來，速度相當快速，沒一會已經到了學校門口。

王世昌舒口氣下車，轉身正欲開口說：學校到了！

話卡住了他的喉嚨，他的車後座，空空的，沒人！

他像瘋子般，彎身檢視車子底下，又左右扭頭環視周遭、又拍拍車把手、碰碰車座……。

然後，他整個人都呆住了！

慢慢仔細地回想，他依稀想起，那位女生，好像有些眼熟，可是卻完全忘記她正確的長相！

第二天，他告訴家人這件詭譎事情，他媽媽聽了，馬上帶他去廟裡祭拜收驚。

廟祝看到王世昌面容，非常驚訝，告訴王媽媽：

「唉呀！妳這孩子……臉帶青色煞氣唷。」

王媽媽看看王世昌，根本看不出個所以然，只焦急的問道：

「那該怎麼辦？」

「今年還好，但是運勢已逐漸下降。」廟祝掐指算了算：「明年是關鍵，犯太歲，大沖，千萬要小心。」

「請您幫幫忙，我該如何做？」

「妳求個平安符，讓他隨身攜帶，還有明年最好不要騎車，要隨時注意安全。」

「是！是！」

就這樣，王媽媽求了個平安符，讓王世昌隨身戴著，除了上下課外，平常王媽媽都會隨時叮嚀王世昌注意安全。

一學期直到末了的這期間，王世昌沒再遇到什麼怪事，平安渡過。

人，處在平安歡樂中，時間過得特別快，學期結束後，放完年假，很快的一個新學期又開始了。

剛開學沒幾天，同學們有說不完的八卦，例如放假時，發生了什麼趣事；過年時，到哪玩；哪個同學新交到男、女朋友；還有……。

忽然，劉容華發現新大陸似的，問何宜鳳：

「怎麼沒看到王世昌？」

問過趙可順、林玉柱，竟然都沒有人看到王世昌。然後手機也打不通。

「我看，這小子過個好年，樂不思蜀，忘記要上學了。」

大夥笑成一堆，最後結論是，找個大家都有空的時間，去他家找他。

這事過後的第三天傍晚，趙可順騎機車上學，半路上經過一個彎道，正要彎過去之際，他耳中忽聽到一個沉重沙啞，似乎會刮人心口的呼聲：

「趙……可……順……。」

趙可順當場吃一驚，這不是害怕，是怪異的聲音，引發他反射性的震訝。

機車把手，頓然一偏，他忙收斂心意，停住車子，轉臉望向聲音來源。

大道上的對向，路旁有一方隆起的花圃，陰鬱的灰黑天色下，花圃旁邊突兀的立了道人影！

人影下半身，隱藏在花圃另一邊看不到，不過趙可順一眼就認出來，他是……

「嘿！王世昌！怎麼是你？」

他穿著厚重卡其色外套，點點頭。

「奇怪了，你怎會在這裡出現？你的車呢？」

王世昌搖搖頭。

「昨天還談到你吶！還不趕快過來，我載你去學校吧。」

忽然，機車引擎發出怪聲，趙可順低頭，看一下機車引擎，再抬頭時，王世昌已站在機車旁。

也沒看到他是怎麼走過來的，趙可順說：

「哇！你飛過來的呀？上車吧，快來不及了。」

一路無話，到了學校，王世昌輕輕下車，趙可順停妥機車，脫下安全帽，收進座位處，再關緊座位，拿著課業簿本，回頭時，已然失去王世昌蹤影。

他只想著：這小子，竟然等都不等我。算了！

上課期間，趙可順始終沒看到王世昌，不過他只顧跟其他同學們談話，沒注意這麼多。

直到下課了他才想起，問其他人，居然沒人注意到王世昌，於是他跟同掛人一起到停機車處，一面整理一面注意周遭，完全沒有王世昌的蹤影，最後，他跟林玉柱、劉容華等人騎機車一起下山。

◆

第二天晚上，林玉柱準備要上學，可是機車發不動，整整搞了快一個多鐘頭，最後還去找機車修理行，跨上機車往學校去時，他知道第一節課已經來不及了，因此，他不急，慢慢騎著上山。

騎到彎道時，有人呼喚他，他車子沒停繼續騎，轉頭看到路旁的花圃，那裡特別陰暗，得仔細看，才看出來站了個人。

林玉柱瞇一下眼，乾脆停下機車，哈哈一笑：

「王世昌？你很奇怪唷，跟大夥玩躲貓貓呀？還不快過來？」

就在這時，他的機車引擎，沒來由的發出怪聲，他低頭看一眼，低念著：

「奇怪，車子都停了，還會有聲音？唔？剛剛不是修理好了？」

說完，他抬起頭，王世昌已經站在他車子後，輕輕的跨上後座，林玉柱一面騎，一面說：

「巧呀！我遲到，你也遲到。哈哈哈。對了，昨天你到底跑哪去了？」

後面的王世昌始終沒開口，林玉柱像唱獨角戲，又說：

「聽趙可順說，他載你來學校呀？」

「嗯。」身後傳來的聲音，細微得像蚊子。

「你最近怎麼了？都沒正常上課？是有事嗎？」

說到此，林玉柱想回頭，但前面是彎道，怕危險，他遂從機車後視鏡看去。後視鏡，一張臉，不像人臉，它七分像鬼、三分像怪胎──滿臉血肉模糊中，勉強可看出來，鼻塌、嘴歪、雙眼一顆突出、一顆不見了，變成黑烏烏的洞。

林玉柱差點魂飛魄散，雙手抖簌間，倏然把機車停下來，人則迅速的彈跳下機車！

太緊張了，他腳步踉蹌得差點摔倒。接著，林玉柱睜圓雙眼，望向……。

王世昌雙腿架住地面，機車因而沒有倒下來，他神閒氣定，慢騰騰轉望林玉柱：

「你幹嘛？」

「我、我、我以為……我見鬼了！」

「見你個大頭鬼啦！」王世昌突然暴怒，臉色鐵青又猙獰：「還不快上來，上課遲到了。」

原來，這個「鬼」字，讓他很不高興。

「呃！嗯！」

唯唯諾諾地，林玉柱正要走近機車，突然驚懼大「啊！」出聲。

「又怎樣了？」

林玉柱看一眼王世昌，手指著他下面：

「你的腿……？」

「我的腿怎麼了？」說著，王世昌輕輕舉高小腿。

林玉柱再投眼看去，他的腿正常呀！

可是，剛剛明明看到王世昌，自膝蓋以下，完全不見他的小腿，是眼花了吧？

林玉柱甩一下頭，揉揉眼睛，跨上機車，一面說：

「唉唷！上這種夜校，真的很累人喔！」

機車再度向前行，王世昌忽然露出詭譎笑容，林玉柱這一路，就沒再回頭看。

不知他是害怕？還是真的累或是神經大條？

到學校，停妥機車，林玉柱待要下車，發現王世昌已不見了，他轉頭看到王世昌背影，走往教室方向。

下課後，林玉柱和趙可順、劉容華、何宜鳳等一掛人，還是找不到王世昌。

劉容華去問其他同學，有人說看到王世昌坐在最後面，劉容華跟同掛人說：

「有人看到他，也許他早回去了。」

「這個人也真是莫名其妙。」林玉柱說

「嗯！你們不覺得奇怪？這學期以來，王世昌很怪異？」何宜鳳說。

「唉，隨他吧，他高興就好。」

一掛人議論著，各自騎上機車，跟著其他同學們下山去。

這一天，何宜鳳一到學校，立刻拉著劉容華，又找上林玉柱、趙可順。

「我今天騎車上山，半路上遇到了王世昌，他很奇怪。」

接著，她細細說出她遇到他，種種怪異之處。

「首先是，以前王世昌都是騎機車上學，為什麼我會在半路上遇到他？還要我載他上山。這說不通，他家又不是住在山上！」

接著，大夥談起來，竟然都是在半路上，彎道的花圃旁看到他；還有他話很少；還有載他到學校，他就不見了；還有下課時，他都先離開；還有……總之，他跟以前變了很多。

或許說，女生比較敏感吧，被何宜鳳這麼一說，大夥決定要偷偷觀察他。

上課時，他們一直注意後面，果然，看到王世昌坐在最後排，最靠近門口座位。不知是否因為燈光的關係，那個座位，特別陰暗，而王世昌上課時，始終低垂著頭，幾乎都不抬頭看老師的！

下課時，劉容華和何宜鳳要去找王世昌，他不在座位上了。

第二節上課時，何宜鳳回頭，又看到王世昌坐在原位上，在此同時，何宜鳳發現……

王世昌座位的窗外，非常陰暗，可是卻有一道淡影，身穿綠色碎花斑紋洋裝！

她不確定自己是不是眼花了？偷看一眼講臺上的老師，她傳遞紙條給劉容華，告知此事，劉容華把紙條連續傳給趙可順、林玉柱。

四個人同時發出會心的眼神，也就是說，他們都看到了那道淡影，傳紙條中，他們一致同意，那個洋裝顏色，很像是之前王世昌說過遇到的女鬼，那麼她站在那裡幹嘛？

「何宜鳳！」老師突然叫：「上課時，妳不看前面，猛往後看，是看什麼？」

何宜鳳站起來，臉色發白，顫抖的手，伸向教室後的窗外：

「老、老師，那裡、那裡站了個女生……。」

所有的同學全都轉頭，望向教室後面，但是那道淡影不見了，連王世昌也不在座位上！

「妳亂講，我要妳去外面罰站喔。」

何宜鳳手握成拳頭，抵住自己下巴，慌亂地連忙坐下來。

老師還想說話，沒想到教室門口，站了個中年女士，同學們告訴老師，老師才看到，便走了出去。

老師一出去，同學們立刻交頭接耳。劉容華和趙可順、林玉柱、何宜鳳更是嘰喳地說不停，都說剛剛所見，猜測難道是女鬼追到學校來，來找王世昌了嗎？

不一會，老師走進來，臉色沉重地向大家說：

「老師要宣布一件不幸的事情，剛剛王世昌的媽媽來學校，要辦理退學，因為王世昌一個禮拜多前在來學校途中發生車禍，已經……走了！」

說著，老師擦著眼角，何宜鳳立刻站起來，噙著兩眶眼淚：

「老師！不可能，我今天上學時，在半山腰遇到他。」

「那裡有座花圃？對不對？」

趙可順、林玉柱、劉容華一致點頭不迭。

「他媽媽說，他被人發現時，滿頭都是血，臉容都扭曲變形，雙腿被輾斷。」

全班陷入一片哀戚中，尤其是趙可順一掛人，這個禮拜以來，他們輪流遇到王世昌這可是事實，要他們如何相信這個噩耗呀？

◆

老師和班上同學們，找了個時間，去王家祭拜，看到王世昌的照片，笑得多燦爛、多開懷，大夥忍不住都哭了……。

過了幾天後，一天晚上，劉容華騎機車要去學校，車子經過轉彎處，她很小心，因為這個轉彎很陡。

「劉……容……華……。」陰鬱的呼聲，讓劉容華倏地停下機車，轉頭望去。

嚇！

後面花圃旁，站著兩個人，一個是王世昌，另一個居然是出現在教室窗外的那個穿洋裝女鬼。

王世昌伸長手，向劉容華緩慢的招著，劉容華驚恐交加，杵在當場，無法動彈。

「劉……容……華！載我……去……學校……。」

「你已經死了，好不好！」顫慄的說著，劉容華飆出淚水：「請你不要再找我們。」

「載我……去……學校……。」王世昌再次招手，在此同時，他的臉逐漸變了，變成死前的慘狀，頭頂流下暗紅色血液，臉也是一團血肉模糊。

劉容華心中的恐懼，提升到最頂點，雖然極端駭異，不過她很清楚，這時刻沒有人可以解救她，唯有靠自己才能救自己，她將顫慄化成力量，揚聲近似用吼的：

「你已經死了！請你不要再來找我們！求求你，不要……。」

這時，王世昌和那個女鬼，竟然越過花圃，飄向劉容華而來……。

劉容華開始行動，連忙踩下發動器，偏偏這會發動器不響，她又慌又亂，拚了命，猛力踩、踩、踩。

終於，發動了！

這時，王世昌和女鬼，已即將靠近劉容華，她的手，劇烈顫抖的催著機車把手，機車加速揚長而去。

不巧，正對向一輛巴士要下山，差點和劉容華撞上了！

她驚魂甫定，一路衝趕到學校，跟其他麻吉說剛剛驚險的事。

「他想幹嘛？」趙可順聚攏著濃眉，說：「喂！妳沒告訴他，同學不必這樣相害呀！」

「有呀，我停下車來吼他，叫他不要再來找我們，可是你想想那個場景，多恐怖多危險，他竟然跟那個女鬼往我飄過來。我急壞了，差點撞上下山的巴士。」劉容華臉都綠了：「告訴你們，只希望你們要多加小心。」

何宜鳳接口說：

「我今天比較早到校，我看，我明天請假算了。」

「對對對，如果太晚上山的話，還不如請假不來。」林玉柱接口說。

「他什麼意思？想嚇嚇我們？」趙可順輕搖一下頭，嚴肅的看著其他人：「還是……想邀我們跟他作伴？」

大夥沉默著，心中的恐懼感，像一漣漪，正一圈圈的往外擴散。

林玉柱接口，說出心裡的感觸：

「之前遇到他，不知道他已經……我那時都不曉得害怕，真的！我親眼看到他的小腿不見了，就不知道後來，為何又看得到他的腿了。」

「唔，我聽說，那種東西會變幻，尤其是剛去世的頭七天，陰靈最是旺盛！」

同學們的結論是，王世昌遇到了女鬼，女鬼把他拉走了！

事實上是這樣嗎？還有，王世昌找這掛好友幹什麼？無解！

以後，當您騎車上陽明山，經過彎道的花圃時，請自己小心了！

永續圖書線上購物網
讀品文化事業有限公司
WWW.foreverbooks.com.tw
yungjiuh@ms45.hinet.net

鬼物語系列 30

細思極恐的校園鬼話

作　　者　汎遇
出 版 者　讀品文化事業有限公司
執行編輯　曾瑞玲
美術編輯　林鈺恆

總 經 銷　永續圖書有限公司
TEL／(02)86473663
FAX／(02)86473660
劃撥帳號　18669219
地　　址　22103 新北市汐止區大同路三段 194 號 9 樓之 1
TEL／(02)86473663
FAX／(02)86473660
出 版 日　2023年04月

法律顧問　方圓法律事務所　涂成樞律師
CVS代理　美璟文化有限公司
TEL／(02)27239968
FAX／(02)27239668

雲端回函卡

國家圖書館出版品預行編目資料

細思極恐的校園鬼話 / 汎遇著. -- 初版.
-- 新北市 : 讀品文化事業有限公司, 民112.04
面 ;　公分. -- (鬼物語系列 ; 30)
ISBN 978-986-453-178-3(平裝)

863.57　　112000772